Em carne viva

●●--●

Jacqueline Woodson

Em carne viva

tradução
Claudia Ribeiro Mesquita

todavia

aos antepassados, tantas e tantas gerações
de submissão e maus-tratos

de submissão e maus-tratos

E aí, mano? Levando?

Cara, sabe como é.
Dia de muito, véspera de nada.

Dois homens velhos conversando

I

Mas naquela tarde tinha uma orquestra tocando. A música tomou conta da *brownstone*.* Dedos pretos conduziam os arcos dos violinos e dedilhavam os violoncelos, lábios escuros na embocadura dos metais, uma garota miúda de pele negra e unhas rosa-claro na flauta. O irmão mais novo de Malcolm, de pele retinta reluzente, austero assoprava a harmônica. Uma mulher de ombros largos na harpa. De onde eu estava, na escadaria, dava para ver pela janela a gente branca curiosa parando na frente do prédio para ouvir. E conforme eu descia os degraus, a música diminuía, a letra dentro da minha cabeça ia virando um sussurro, *I knew a girl named Nikki, I guess you could say she was sex fiend.*

Sem vocalista. A garotinha não sabia a letra. A mulher de ombros largos, que um dia cantou a música a plenos pulmões no chuveiro, estava agora a salvo e se recusava a lembrar os versos. Iris não ia deixar mesmo que cantassem, e a adorável boquinha do irmão de Malcolm, sete anos, estava cheia. Mesmo assim, entrou na minha cabeça como se o próprio Prince estivesse ao meu lado. *I met her in a hotel lobby masturbating with a magazine.*

---

* Arenito marrom-avermelhado usado em construções do século XIX, em Nova York, que deu nome a um estilo arquitetônico. As casas que usam o *brownstone* são muito comuns em bairros como o Brooklyn, onde se passa a história. [N. T.]

E na sala, tinha o rosa e o verde da irmandade da minha avó, o preto e o dourado dos irmãos da fraternidade Alpha do meu avô — cabelos grisalhos, costas eretas, coroas de ouro brilhando nos dentes e a saudação *A-Phi-A!** em barítono quando fiz minha entrada. Vozes de soprano gritaram *Skee-wee*** em resposta. Mais um sonho para mim nessa invocação mútua. *Claro que você vai jurar um dia*, minha avó me disse várias vezes. Quando era criança, um dia ela me deu um blusão rosa-claro de presente com a frase "Minha avó é uma AKA" escrita em verde--vivo. *Isso é tradição, Melody*, ela disse. *Eu fiz o juramento, seu avô fez o juramento...*

Iris não fez.

Silêncio. Então, devagar, seus lábios no meu ouvido, *Porque sua mãe não estudou na mesma faculdade, não seguiu a tradição.*

Isso, eu sussurrei em resposta, citando o mantra da irmandade dela, *é um assunto sério.*

Minha avó riu e riu.

Olha eu naquele último dia de maio. Finalmente com dezesseis anos e a ocasião como se fossem mãos me exibindo para o mundo. A chuva cedeu espaço para o espetáculo do sol. Os raios pontilharam através do vitral, se remexendo no chão de madeira. A música da orquestra atravessou as janelas abertas e invadiu o quarteirão como se sempre tivesse feito parte da atmosfera do Brooklyn. Olha eu. Cabelo alisado com as pontas

---

* Saudação da primeira fraternidade de homens afro-americanos, a Alpha Phi Alpha, fundada em 1905 na Universidade Cornell, em Ithaca, Nova York. [N.T.]
** Saudação da irmandade de mulheres afro-americanas, Alpha Kappa Alpha (AKA), fundada em 1908 na Universidade Howard, em Washington, D.C. [N.T.]

caindo em cachos sobre os ombros. Batom vermelho, sombra esfumaçada nas pálpebras. O vestido, o vestido de Iris, novo no armário até aquele momento. Eu já estava a caminho quando chegou a vez da cerimônia dela. Já com quase dezesseis anos, sua barriga tinha uma história que uma festa nunca poderia contar. As camisas folgadas do meu avô contracenavam com as bochechas ainda gordinhas de bebê, ainda com a penugem grudada na nuca. Ainda, naquela tarde, a distância entre nós poderia ser de cinquenta anos — Iris parada no fim da escada me observando. Eu olhando em outra direção. Para onde eu olhava? Para meu pai? Para meus avós? Para qualquer coisa. Para qualquer um. Menos para ela.

Mais cedo nesse dia, ela entrou no meu quarto enquanto eu vestia as meias de seda e tentava prendê-las na cinta-liga do espartilho cor de marfim. Esses adereços também um dia pertenceram a ela — novos, ainda na caixa e embrulhados em papel de seda. A meia frágil que resistia a ser presa na cinta-liga — isso eu aprendi com minha avó e ela com a mãe e assim por diante —, a minha era a única cerimônia que pulava uma geração de mães que exibem as filhas. Isso — vestir o espartilho, a cinta-liga, as meias de seda — era tão antigo quanto a casa em que meu pai e eu morávamos com meus avós. Esse ritual, que sinaliza a passagem do tempo, a condição social, as transições, vem lá da época das contradanças e foi se metamorfoseando e metamorfoseando até virar isso, um corselete com cinta-liga de um antepassado esquecido — e um par de meias de seda novas, efêmeras como a poeira.

Acho que você venceu esse round, ela disse. *Vai ser Prince.*

Olhei para cima, para ela. Na tarde anterior ela tinha prendido o cabelo em rolinhos bem apertados, e ali parada na minha frente começou a soltá-los, o cabelo grosso avermelhado desabrochando em espirais sobre as orelhas. As bochechas gordinhas de bebê tinham sumido havia muito tempo, foram substituídas por maçãs do rosto salientes e maravilhosas. Passei a mão no meu rosto, senti a mesma estrutura sob a pele.

Não sabia que era uma competição, Iris.

Antigamente, faz muito tempo, ela era Mamãe e eu abraçava forte seu pescoço, seus braços, sua barriga com mãozinhas gordas de bebê. Me lembro disso. Como eu a queria, queria, queria. *Mamãe. Mamãe. Mamãe.*

O vestido, branco e novo, estava estendido sobre a cama ao meu lado. Atrás da cama, um pôster emoldurado do show de 1997 da banda Rage Against the Machine. Meu pai e eu fomos porque Wu-Tang ia tocar na abertura. Eu tinha doze anos e a gente gritou e cantou rap e vibrou tanto que em casa, no dia seguinte, tivemos que ficar tomando chá de limão com mel para melhorar a dor de garganta. O pôster foi emoldurado com profissionalismo — as letras vermelhas contra o cinza fosco, a enorme moldura preta acentuando as cores suaves da foto em branco e preto. Ao lado, outro pôster. Se alguém dissesse para escolher entre minha mãe e meu pai, eu nem piscaria. Nem gaguejaria. Correria como uma criancinha e pularia nos braços do meu pai.

Ultimamente, parece que é sempre uma competição. Em algum momento, virei sua inimiga. Ela pôs a mão no pescoço e deixou-a lá, os dedos acariciavam a clavícula como se verificassem se estava intacta. O bracelete de ouro deslizou pelo pulso. Os minúsculos diamantes capturaram a luz. Engoli seco, invejando e ao mesmo tempo adorando os sentidos em que a palavra *encantadora* poderia se aplicar à minha mãe. Tão estranho, apesar disso, como éramos diferentes.

Tinha desistido de tentar prender as meias de seda na cinta-liga ridícula e estava apenas sentada olhando para ela, os cotovelos apoiados nas coxas, as mãos pendentes.

Não entendo. É a minha festa e você insiste na questão da música. Você arruinou a sua, lembra...

Não, o bebê na minha barriga arruinou. Lembra?

Nem vem, Iris. Então, de repente perdi as palavras como tantas outras vezes. Eu as vi cair... Não. *Evaporar...* no ar entre nós. *Evaporar.* A palavra tinha aparecido nos meus exercícios de SAT* várias e várias vezes até aterrissar neste quarto com a gente. Entre minha mãe. E mim. *Nem vem. Não pedi pra nascer. Não disse... não disse pra fazer o que você e meu pai fizeram. Vocês podiam ter esperado.*

Iris ergueu as sobrancelhas para mim. *Não acho que você queira ter algum tipo de conversa sobre abstinência sexual comigo.*

Poderiam ter, sim, esperado. Que afobação fazer o que vocês fizeram.

Você quer dizer fazer sexo? Você não consegue nem mesmo dizer o nome? Sexo, Melody. Uma palavra com duas sílabas.

---

* SAT (Scholastic Aptitude Test) é um exame destinado a estudantes do ensino médio cuja pontuação serve de critério para admissão nas universidades norte-americanas. [N.T.]

13

Consigo, sim. Só não preciso agora.

E se a gente tivesse... esperado, como você diz. Onde você estaria?

Você se arrepende pra cacete de eu ter nascido.

Não fala isso. Não me arrependo. Não consigo imaginar o mundo sem você.

Então o que é?

Ela veio até a cama, sentou do lado oposto ao vestido e deslizou a mão sobre ele com nostalgia. Os punhos tinham flores brancas de crochê. A cauda entremeava tecidos em seda e cetim. A costureira tinha começado a trabalhar nele meses antes de meus avós descobrirem que Iris estava grávida. Quando a barriga começou a aparecer, o vestido estava quase pronto e pago.

Não sei..., ela disse mais para o vestido do que para mim. *É o Prince. Meus pais. Seu pai. Eu. Você já com dezesseis anos. Onde foram parar todos esses anos? Que loucura.*

Tinha alguma coisa estranha em sua voz. Eu não queria ouvir. Não queria enfrentar. Não agora. Não no *meu* dia.

É só o Prince, puta que pariu! Não estou pedindo para pôr um NWA ou Lil' Bow Wow...

Para de falar palavrão, Melody. Você é melhor que isso. E NWA, Lil' tanto faz... Nem sei o que você está dizendo. Ela não olhou para mim, só continuou a passar a mão no vestido. Tínhamos dedos iguais, longos e finos. Dedos de pianista, diziam. Mas só ela tocava.

Só estou dizendo que é o Prince. E é a minha festa e ele é um gênio então por que a gente ainda está falando sobre isso? Você já vetou a letra. Deixa pelo menos a música. Papai não se importa. Ele gosta do Prince. Nossa!

Não falamos nada por muito tempo. Algo me dilacerava como uma navalha no peito — não sabia naquela época se era raiva ou tristeza ou medo. Talvez Iris tenha sentido isso também, porque ela se aproximou de mim, pôs a mão na minha nuca e encostou os lábios no meu cabelo. Mas eu queria mais — um abraço, palavras de carinho sussurradas no ouvido. Queria que ela dissesse que eu era linda, que não estava nem aí para a música que ia tocar, que ela me amava. Queria que ela risse comigo daquela coisa ridícula de cintas-ligas e meias de seda.

Mas, em vez disso, ela levantou, foi até a janela e abriu a cortina. Ficou olhando para a rua enquanto soltava os outros rolinhos. O tempo estava nublado, chuvoso. A orquestra tinha chegado, estava lá embaixo. Eu ouvia o som dos arcos atravessarem os violinos. Ouvia meu avô tocar Monk no piano e imaginei seus dedos retintos, nodosos nas juntas.

Você gosta do Malcolm?

Ela se virou para mim. Franziu a testa, os olhos — olhos que eu tanto desejei ter quando criança, *Por favor, meu Deus, quero acordar com os olhos cor de âmbar lindos da minha mãe* — ficaram com os veios avermelhados. *Por favor, meu Deus, não quero ter olhos como os olhos dela estão agora.*

Malcolm? Claro. Sim. Ele continua um amor. Ela olhou para mim, a boca se transformou em um meio sorriso.

O que foi?

O que você está perguntando exatamente, Melody?

Você gosta dele... pra mim? Você acha que ele é um bom... Sei lá.

Olhei para ela. Para quem mais eu poderia perguntar que já tivesse vivido tudo isso? Do começo até o bebê. Primeiro beijo, mãos no corpo, sexo. Como foi que começou? E continuou? Ela não tinha que me dar as respostas agora? Me contar tudo?

Vocês se conhecem desde que usavam fraldas e ele sempre foi... quer dizer, não é?

Não é o quê?

Nada. Esquece. Ela levantou as mãos, se rendendo. *Ele parece,* ela disse de novo, sorrindo. *Você só não parece... ser o tipo dele.*

Como se você soubesse alguma coisa sobre ele. Ou sobre mim.

Como eu disse, conheço esse menino desde que ele usava fraldas.

É, Iris. Nós dois usávamos fraldas há muito tempo.

Ficamos em silêncio. Talvez existam no mundo filhas que conhecem suas mães jovens e idosas, por dentro e por fora, profundamente. Eu não era uma delas. Mesmo quando era pequena, suas lembranças são pela metade.

Eu te escondi deles, você sabe, disse — como se olhasse para dentro da minha cabeça finalmente. Enxergando alguma coisa lá.

Foi assim que você vingou. Eles eram ultracatólicos naquela época, você teria virado pó.

Deles o quê?

Deles quem, Melody. É quem.

Eu estava começando a suar debaixo daquele espartilho.

Seus avós. Seus avós amados.

Você não sabia. Você disse que não sabia.

Nunca disse que não sabia. Disse que não sabia o que fazer.

Ela parou de falar de repente e olhou para mim. Séria.

Sua menstruação tá normal?

O quê... sim! Como assim, Iris?

Ela suspirou. Balançou a cabeça. *Tudo bem, bom, se você menstrua regularmente e para de menstruar de uma hora para a outra — não porque você resolveu virar uma superatleta ou qualquer coisa assim... é porque provavelmente você está grávida. Só estou dizendo para o caso de ninguém dizer...*

Tampo as orelhas. *Está tudo bem. Não quero ouvir isso. Não hoje. Não de você. Obrigada.*

Nunca ninguém me disse isso. Por isso estou dizendo pra você. A gente pode conversar sobre isso. Quando eu estava grávida de quatro meses, não tinha ideia de que no fim da gravidez tinha a maternidade.

17

***

Claro que tinha, falei.

Claro que tem, ela disse. *Sei disso agora.*

Como é que você não sabia... Você sabe o que... Esquece. Não te entendo.

A orquestra estava aquecendo com "Jeannine, I Dream of Lilac Time". Eu ouvia meu avô cantar junto com o irmãozinho do Malcolm. Uma voz aguda. A outra grave. Uma voz jovem e insegura, a outra madura e límpida e ressonante. Fechei os olhos um minuto. A música era mais velha do que qualquer um da nossa casa. Quando o trompete acompanhou com um solo e as notas alcançaram o ponto em que as vozes tinham acabado de estar, senti um arrepio na espinha. Aquilo tudo foi demais. De-mais. Eu queria dizer para Iris: *Parece que quer fluir para a eternidade de alguém.* Mas, quando olhei para ela de novo, ela estava roendo a unha do polegar, a sobrancelha esquerda tremendo do jeito que tremia quando ela ficava estressada.

Eu contei pro Aubrey, ela disse, afastando o dedo da boca para olhar para ele. *E então fingimos por alguns meses que não era verdade. Porque éramos crianças achando que, se ignorássemos, iria desaparecer. Escondi você até não conseguir mais, vestia as camisas do seu avô e falava que era a moda.*

Você queria me abortar?

Eu era uma criança, Melody. Era mais nova do que você agora! Eu queria ver você nascer. Queria te segurar. Fiquei atordoada ao saber que era verdade... que fazer sexo podia gerar outro ser humano.

18

Tentei imaginá-la com as roupas do meu avô. Tudo nela era tão feminino e sob medida e perfeito. Tudo nela era o oposto de mim. Eu conseguia *me* imaginar com as roupas do meu avô. Mas não ela.

Eu queria você. Queria você crescendo dentro de mim, queria você nos meus braços, queria você no meu ombro...

Ela ficou quieta.

E então esse querer sumiu, não foi?

Ela balançou a cabeça. Algum tempo se passou antes que ela falasse de novo.

Não sumiu. Ficou diferente. Você vai aprender isso. Quer dizer, espero que você aprenda. O amor se transforma e se transforma. Então se transforma de novo. Hoje, te amar é querer ver você nesse vestido, ela disse. *Quero me ver em você, porque foi há muito tempo que usei esse vestido. Os dezesseis anos passaram. Então dezessete, dezoito... todos eles passaram.*

Puxei o vestido para mais perto de mim — renda sobre seda e cetim, comprimento midi, gola chinesa. O alfaiate estreitou a cintura e alargou os quadris. Desfez a bainha para ver se havia tecido para deixá-lo mais comprido. Como tinha apenas a quantidade certa, ele usou o cetim para fazer o debrum sobre a barra para estender o comprimento. Minha avó ficou muito orgulhosa do que ele fez. Enquanto eu desfilava diante dos dois no ateliê, o alfaiate fazia que sim com a cabeça e minha avó enxugava os olhos.

Iris se virou de volta para a janela. Silêncio de novo.

***

Fiquei olhando para as costas dela. Talvez tenha sido esse o momento em que entendi que eu fazia parte de uma extensa linhagem de histórias quase apagadas. Da criança recusada. Do pensamento mágico. De uma época em que Iris e meu pai se desejavam daquele... jeito. O algo que eles desejavam tanto um no outro que se transformou em *mim*. Eu tão apaixonada por ela que, pequenininha, chorava toda vez que meu pai a abraçava. Dizia: *Ela é minha*, e chorava mais quando riam. Uma extensa linhagem de gritos de luta que desembocam em nós aqui e agora. Dezesseis anos de rejeição por parte ora de uma ora de outra. Ela venceu. Eu não. Bem, lá estava ela de costas para mim, o cabelo semiarrumado, anágua e sutiã sob o robe de cetim, uma mulher que muitas vezes achavam que era minha irmã. Lá estava ela, em sua profunda inconsciência, sabendo que esse era o lugar, essa era a hora de me segurar e contar como os quinze anos teriam sido fáceis. Que quem eu amo quase tanto quanto amo meu próprio pai teria decidido que eu era *opcional*. Duas palavras proferidas antes da hora, *Estou grávida*, teriam significado o fim do meu começo. O fim de tantos começos.

Suas costas eram estreitas e retas, os ombros bem delineados sob o cetim delicado do robe. Faltavam catorze meses para ela completar trinta e três anos. A idade de Cristo quando foi crucificado e deixado sangrar lentamente até a morte. Na escola, pediram que discutíssemos essa imagem — Literal ou Metafórica. Realidade ou Ficção. Foi Whitman quem disse: *Não discutir sobre Deus*. Na época, estávamos no nono ano — era algo novo para nossas crenças e para a força de nossas vozes. Então discutimos. Mas agora eu sabia que havia muitas maneiras de ser pendurado em uma cruz — o amor de mãe se metamorfoseando em algo incompreensível. Um vestido assombrado nos sonhos de outra geração. Uma história de fogo e cinzas e perdas. Tradição.

***

Naquela noite, assim que a música aumentou, fiz minha entrada descendo devagar as escadas que davam para a sala cheia. Procurei Iris e encontrei-a ao lado do meu pai, ele de preto, ela de azul-escuro. A mão sobre a barriga agora reta que poderia ter me expulsado. Quando a orquestra atacou "Darling Nikki", inspirei e expirei várias vezes para conter as lágrimas. Não esperava isso — sentir que um capítulo se encerrava. Era o fim da minha vida de menina.

Amém. Fim. Amém.

Os flashes das câmeras dispararam quando Malcolm pegou minha mão e me conduziu para o centro do círculo que se formou onde meus avós estavam sentados, sérios e orgulhosos.

Para eles, era o momento perfeito. Outra história quase apagada que não foi abortada. E essa casa com cento e tantos anos. Essa casa com janelas e vitrais artísticos. Essa casa com as gerações de comemorações, discursos, quadrilhas e *Axé* e *Os antepassados estão em casa, diz aí?* Eu e tudo e todos ao meu redor eram a realização do sonho deles. Se o momento fosse uma frase, eu era o ponto-final.

Essa casa e essa gente, continuei pensando. *Essa casa e essa gente. Que diabo de gente era essa, afinal? Eu não conhecia Iris.* Eu conhecia algum deles de verdade? Honestamente? Profundamente? Pele, sangue, ossos e medula?

Malcolm colocou o braço na minha cintura e sussurrou no meu ouvido, *Nós tão pretos e lindos os deixamos completamente roxos de emoção.*

Presta atenção. É primavera de 2001 e eu finalmente tenho dezesseis anos. Quantas centenas de antepassados tiveram uma ocasião como essa? Antes que as histórias de suas vidas mudassem mais uma vez para sempre, teve Bach e Ellington, Monk e Ma Rainey, Hooker e Holiday. Antes que o mundo que conheciam acabasse, eles saíram pela primeira vez de salto alto com as orelhas queimadas pelas escovas de alisamento, meias de seda com cintas-ligas e batom.

Agora Malcolm levanta minha mão e começamos a dançar devagar o *cakewalk** ao som dos trompetes que introduzem Armstrong no salão. Malcolm ri e pisca para mim, nossas pernas chutam o ar e em seguida balançam para trás. O resto da corte se junta dançando na pista — nossos passos adolescentes em sincronia, nossas mãos elevadas no ar. Olha como somos maravilhosamente negros. E enquanto dançamos, não sou Melody com dezesseis anos, não sou a filha ilegítima dos meus pais — sou uma narrativa, a história quase esquecida de alguém. Relembrada.

* Ritmo e dança criados por negros escravizados no sul dos Estados Unidos, no século XIX, como paródia dos bailes europeus. [N. T.]

2

Sua filha estava descendo as escadas. Enquanto a orquestra paga pelos sogros tocava, cada passo que ela dava era como se o mundo parasse, como se o momento fosse o único na terra com ela. E estava incrivelmente linda — essa menina, não, essa *mulher*. Essa minha semente, esse grito no meio da noite. Esse pedido de desculpas de uma criança, *Iris, eu não tive a intenção. Merda. Mil desculpas.* Quando isso aconteceu — ela que parece tanto com Iris, as maçãs do rosto, os olhos puxados, o sorriso tão... o que era aquela coisa no sorriso delas? Algum segredo guardado há muito tempo sobre *você*. As duas conhecem você, sabem do que foi capaz, como se pudessem ver, provar e sentir o cheiro em você. Aubrey tinha visto aquele sorriso tantas vezes nos últimos catorze, quinze, dezesseis anos. Onde os anos foram parar? E ao mesmo tempo, parece que foi ontem.

E ao mesmo tempo, agora Melody caminha em direção a eles e essa versão estúpida do Prince invade a casa.

Aubrey encostou na parede, de repente, não sabia onde colocar as mãos. Iris tinha as dela sobre a boca. Mas o que o pai deve fazer com as *suas* mãos? Suas enormes mãos abertas. Onde deveriam ficar quando tudo o que queriam era tocar a filha, abraçá-la, escondê-la do mundo? Essas mãos que tinham aprendido aos dezessete anos como tirar as fraldas fedorentas daquele corpo minúsculo, passar pomada no bumbum assado,

segurá-la até parar de arder. Até parar de chorar. Segurá-la —
sobre os ombros com as mãos imensas atrás da nuca frágil, depois no peito, no colo, nos braços, nas costas, nos dois ombros,
sua mão no ombro dela enquanto se afastava rápido demais
dele... Quem era essa que descia as escadas agora? Essa filha
que ele fez e criou e amou. Deus, como ele amava cada célula.
A grossura do cabelo, a cavidade profunda e vulnerável do pescoço, as meias-luas sob as unhas. *Mostram quantos namorados
você vai ter. Cuidado, mundo!* E as lágrimas quando começaram
a diminuir. *Significa que ninguém vai me amar, papai?*

Sua garotinha descia as escadas e ele estava chorando agora,
descaradamente e em silêncio, e ninguém explicou o que ele
devia fazer com as mãos. Enquanto as enfiava no bolso, Iris
lhe lançou um olhar. Tirou as mãos do bolso de novo, enxugou rápido os olhos. Nas costas, atrás? Na parede? Braços er-
guidos, dedos entrelaçados no alto da cabeça? Braços cruza-
dos? Qual era a coisa certa? Por que ele nunca sabia qual era a
maldita coisa certa a fazer?

Sempre o eco no estômago, o anseio por alguma coisa que não
conseguia lembrar muito bem, mas que era quase alegre. Não,
era *alegria* mesmo. Antes de Melody. Antes de Iris. Quando ele
ainda era garoto. Na meia lembrança, ele está andando atrás
da mãe. Corpus Christi. Houston. Nova Orleans. Mobile. Tal-
lahassee, os dois seguindo o litoral, sempre perto do mar. Era
uma quase memória da sensação da água. O cheiro. A espuma
quente nos pés descalços. Ele acreditou por tanto tempo que
era o verdadeiro oceano. Achou que fosse infinito. E quando
se agachou para cavar a areia atrás de siris, achou que podia cavar até chegar a outro país, sair da areia do outro lado e conhecer garotos da sua idade. Sonhos bobos. Sonhos doces e infantis. Era um menino de shorts e camiseta rasgada atrás da mãe

quase branca. Nada mais. E nessas noites, quando acordava sozinho nos minúsculos apartamentos que tinham encontrado — em cima de salões de beleza e atrás de lojas de eletrônicos e no fim de corredores compridos e mal iluminados que cheiravam à urina —, ele sabia que ela havia saído para encontrar *um amigo* e que voltaria com o cheiro forte dele, tirando notas de dinheiro amassadas dos bolsos e depois tomando um banho tão quente que o chão do banheiro ficava escorregadio por causa do vapor. Que amigos eram esses? Como ele nunca os conheceu? Um puta bobão ele era.

Quando finalmente teve coragem de perguntar — tinha nove, dez anos? é um borrão agora — se o pai dele tinha sido *um amigo*, a mãe abriu um sorriso tão intenso e doloroso que ele ficou com vontade de retirar a pergunta. Cortá-la em pedaços. Fingir que não fazia parte do ar entre eles.

Não, Aubrey. Seu pai foi amor puro e simples.

Ele gostava de pensar sobre isso. Que duas pessoas se amaram e o fizeram.

Agora ele conhecia a história. Agora que era homem-feito. Agora que tinha sua própria filha. Seu pai era músico, um preto-azulado lindo, a mãe disse um dia de tarde. Onde eles moravam naquela época? Outra cidadezinha de praia, mas onde? Ele lembrava que estava chovendo, mas que a chuva era quente. Seus shorts estavam ensopados e ele, sem camiseta. Talvez tivesse acabado de nadar bem antes de a mãe dizer: *É hora de falar sobre o homem que te fez. Aí não vou mais querer falar sobre o assunto. Entendeu?*

25

Talvez ele tenha concordado com tanto vigor que a cabeça doeu. Estava ávido por essa história. Fazia anos e anos que queria ouvi--la. Uma vez, quando era bem pequeno, ele segurou a mão de um homem que estava parado fumando no calçadão de madeira. O homem era alto, tinha a pele cor de creme, e olhava de soslaio para a água. Aubrey estava impressionado com a beleza das mãos do homem — os dedos longos envolviam o corrimão de metal que separava os dois do mar e da areia. A mãe não estava. Talvez estivesse no banheiro. Talvez estivesse comprando um cachorro-quente bem caprichado para eles dividirem — daqueles com tudo dentro. Chucrute e cebolas escorrendo pelos dedos. Pacotinhos extras de ketchup para ele chupar depois, até ficarem vazios. Qualquer que fosse o motivo, ele estava sozinho e o homem tão perto que Aubrey enxergava as sardas escuras pontilhadas debaixo dos olhos dele. Aubrey se aproximou apoiando as costas no corrimão. Deu umas olhadelas para o homem enquanto escorregava os dedos mais para perto até que finalmente sentiu a pele macia dos nós dos dedos. Talvez a mãe tenha aparecido então. Ele se lembra dela chamar seu nome, pedir desculpas ao homem, pegar sua mão. A maior parte dessa lembrança desapareceu. Mas logo depois disso — pelo vai e vem das palavras da mãe, do clique-clique das suas unhas roídas até a cutícula — ele conheceu o pai.

Ele veio a Santa Cruz com uma banda de jazz, tocava trompete. Acho que a faculdade inteira se apaixonou por ele.

Homem-feito, ele achou a história clichê à beça, mas quando criança...

Quando criança, a vontade de comer carne era tanta que encheu a barriga com...

*Naquela época, eu estava no último ano, ia me formar em um mês
e aquele jeito de colocar a boca no trompete e seus olhos sobre mim.
O jeito como ele me olhava.*

Lembrava-se dela olhando para o mar. Lembrava-se dos dois
sentados na areia úmida, sua cabeça encostada no braço dela.
A chuva quente caindo. Flashes de memória como se fossem
raios. Flash. Escuridão. Flash. Escuridão.

*Mas eu o perdi de vista por um tempo. Depois de passar a semana
juntos, ele tinha que ir para algum lugar na Costa Leste e eu me
juntei à revolução por um tempo.*

Lembrava-se da sua risada doce. Em como havia tanta tristeza
por trás do sorriso naquele dia em que ele parou de roer as
unhas e olhou para ela impressionado.

*Aí a gente se encontrou de novo em Berkeley. Eu tinha resolvido que
precisava de um diploma e ele ainda estava na estrada com o trompete. Então, claro, ficamos juntos de novo, você sabe.*

Ele assentiu mesmo sem saber.

*Mas, a essa altura, ele ficava mais chapado do que sóbrio e eu
nunca fui muito ligada em drogas ou bebida, o que me deixou meio
excluída.*

Ela ficou quieta, colocou os braços ao redor dele e o puxou
para mais perto.

*Ele se envolveu com heroína. A heroína transformava seu pai no
rei de toda festa a que íamos.*

Por anos e anos depois disso, Aubrey se lembraria daquela frase, a voz dela trocando a palavra *he-ro-í-na* por *hair-on*, enquanto ele imaginava o homem que era seu pai colocando peruca e fazendo todos rirem.

Seu pai morreu antes de Aubrey começar a andar.

Ele tinha uma casa em algum lugar na Filadélfia. Eu ligava e ligava e ligava e ninguém atendia. Uns meses depois, eu estava pesquisando e resolvi ver o que encontrava sobre ele. Achei um pequeno obituário em uma microficha. Havia morrido fazia um ano. Overdose. Fim. Foi como se os créditos finais de um filme subissem na tela. Foi como uma cortina pesada caísse sobre mim.

Depois, ficaram sentados ali por muito tempo, a chuva caindo sobre eles, ondinhas quebrando e, às vezes, um suspiro profundo da mãe.

Como tinha a pele muito bronzeada e os olhos cinza-escuros, olhavam para ela e então para ele. O cabelo estava sempre curto, mas naquele ano estava comprido e ondulado, cheio de mechas loiras e cinza. Eles não combinavam, os dois. Quando ele punha o braço contra o dela e perguntava por quê, ela ria e dizia: *Os ancestrais negros deram uma surra nos ancestrais brancos e disseram: Deixem esse bebê passar.*

Ela disse que tinha escolhido Santa Cruz porque, ao andar pelo campus, conseguiu se integrar, ninguém perguntou se era parcialmente descendente de negros, ninguém a acusou de querer se passar por branca. *Deu certo para mim.*

Com Melody, os ancestrais tinham feito uma dança diferente, pintaram a filha de um tom mais escuro e então aproveitaram todos os traços de Iris. Ele não entendia nada de genética por mais que Iris tivesse tentado explicar DNA. Não entendia por que tudo simplesmente não se misturava para formar algo novo em vez de ocorrerem escolhas e combinações. Não tinha inteligência para aquilo. Isso ele sabia.

Na pista de dança, os amigos se juntavam a Melody e a Malcolm, outros bebês que viraram adolescentes, formando um aglomerado de tranças até a bunda e de cortes dégradés perfeitos, unhas compridas pintadas que prendiam as mãos dos rapazes. Ele mexeu os ombros e se deu conta de que as mãos estavam suadas. A maioria dos adultos estava batendo os pés no chão, alguns até dançavam ao lado dos jovens. Ele avistou de relance Malcolm passando a mão na bunda de Melody e alguma coisa se revirou dentro de si. Um novo medo como um hematoma atravessando o estômago. Eles já transavam? Melody, não. Não. Ela teria contado para ele. Teria deixado escapar algo, dado alguma dica. Sim. Sua menina contaria para ele antes de fazer qualquer coisa.

Não contaria?

Ele daria a vida para que Melody fosse capaz de permanecer jovem assim, para vê-la vivendo sua vida de adolescente — todos os anos. Ele queria puxá-la para perto de si agora. Dizer: *Se segura, Melody. Não vai se perder.* Ele queria dizer de novo o que tinha dito tantas vezes antes. *Você é amada, querida, você é amada.*

Iris se aproximou. Ele sentiu seu cheiro — cigarro, patchouli e manteiga de cacau. Todos os anos passados, ela voltara da faculdade com aquele cheiro. Tinha voltado diferente, mais distante dele e de Melody, que, aos sete anos, chamava a avó de "vó-mãe" e de Iris, quando finalmente falou com ela de novo, de *Iris*. Ela o tinha deixado e voltado tão distante que ele ficou pensando se tinha sido amado de verdade. Mas Iris foi embora de novo antes que se sentisse seguro o suficiente para perguntar. Sempre indo embora de novo. Ainda.

Ainda.

Ninguém tinha falado sobre isso. Os meninos não tinham... Como é a primeira vez dentro de uma menina. A sua pele esticando para trás e mantendo-o refém no limiar da dor.

Ele estendeu a mão para pegar a mão dela e mordeu os lábios para compensar a mágoa por Iris não a ter segurado. Depois de um tempo, ela entrelaçou os dedos nos dele, deitou a cabeça em seu ombro. Quem sabe isso fosse certo. Quem sabe isso fosse o que ele deveria ser agora. Pai da Melody. Amigo de Iris.

Na cozinha, ele via os garçons levarem a comida para o jardim. Tigelas de arroz vermelho com feijão, travessas de espeto de frango, um prato azul-claro repleto de salada de batata, minivegetais, fatias de carne e de frango, pirâmides de pedaços quadrados de pão de milho. Até um peixe inteiro coberto com pimentões e cebolas.

Ele tinha passado a infância comendo o queijo do Reagan* e pão da marca Taystee, de vez em quando com um rosbife cozido até o ponto de chiclete. Sua mãe não ligava muito para cozinhar e, nas noites boas — dia de pagamento ou quando ela recebia o reembolso do imposto de renda —, os dois se

---

* Tipo de queijo processado, barato e de longa validade, amplamente distribuído no governo de Ronald Reagan, na década de 1980, a programas de merenda escolar e outros de assistência social. Tornou-se muito popular e ficou conhecido como queijo americano. [N.T.]

sentavam à mesa abrindo embalagens de comida congelada TV Dinner, falando baixo entre garfadas de filé à Salysbury e purê de batata queimada.

Eles sempre falaram baixo. Porque sempre estavam com medo. O Brooklyn era um mundo novo que ainda não entendiam muito bem — os garotos italianos furiosos que batiam em seus carrinhos de compra a caminho do supermercado A&P na avenida Wycoff. O metrô elevado da linha M sobre suas cabeças ao passarem apressados para descontar cheque na lojinha da esquina das avenidas Gates e Myrtle. As mulheres estúpidas que os espiavam do parapeito das janelas, cotovelos apoiados em almofadas encardidas, olhos que se mexiam lentamente para um lado e para o outro do quarteirão. *Intrometidas que só*, a mãe disse mais de uma vez. Ele nunca contou que elas perguntaram sobre o pai. Tinha? Onde estava? E uma vez até *Preto assim, tem certeza que é filho da sua mãe?* Ele não contou para as mulheres que nasceu pelas mãos de uma parteira, sozinho como a própria respiração — que neste novo lugar, ele se sentia transformado em pó.

Ele já tinha sido, muito tempo antes, um menino que usava camisetas amareladas e cuecas frouxas. Era magro demais, os joelhos enrugados por causa da pele seca, acinzentada, os tornozelos e maçãs do rosto salientes. Quando se lembra disso, lembra-se da fome, do buraco dolorido no estômago. Lembra-se de abrir e fechar a porta da geladeira. De novo e de novo. Esperando que por alguma reviravolta do governo ou graças à cara de pau da mãe de pedir dez dólares emprestado do vizinho (*Vai pedir pra Telma e diz que eu devolvo quando receber o pagamento na sexta*) haveria de repente um pacote de mortadela para fritar, fatias finas de queijo americano ou um pote de maionese e um pouco de pão, embora ele tivesse comido o recheio do sanduíche de maionese. Em alguns sábados, ele acordava com o cheiro de carne de porco enlatada Spam, frita e dourada, acompanhada de ovos mexidos e um pedaço de pão fresco italiano da padaria em Ridgewood em que ele e os amigos se enfiavam algumas noites ao passar por baixo da grade semifechada para roubar pães quentes do rack de resfriamento. Ele se perguntava, enquanto sua mão atravessava a escuridão da padaria para agarrar o pão, por que a grade tinha sido deixada semiaberta. Ou era um pequeno gesto de bondade dos padeiros italianos — um presente para as crianças negras famintas que chegavam sorrateiras a Ridgewood no meio da noite.

Ele ansiava por bolinhos Twinkies, barras de Charleston Chews, amendoim — tanto fazia se fritos ou assados, a casca macia repercutindo o Sul de que vagamente se lembrava. Ficava com água na boca por cachorros-quentes com a salsicha cortada ao meio e frita até ficar curva, panquecas com margarina salgada e xarope Aunt Jemima — a lista era interminável.

Antes de se tornar um homem que fazia a barba e ria jogando a cabeça para trás, foi um menino faminto que enfiava os dedos em latas de salsicha Vienna e lambia o líquido que escorria pelo pulso. O balcão da pia em que se apoiava cravou nas suas costas. O linóleo que o cobria estava descascado sob o escorredor de pratos de plástico. Frequentemente, baratas afogadas boiavam na água parada debaixo dele. Mas, certa vez, um cardeal pousou no parapeito da cozinha e Aubrey manteve os olhos apertados por muito tempo depois que o passarinho tinha voado, tentando com esforço guardar sua beleza.

Acho que é para todo mundo dançar agora, Iris lhe disse. *Meus pais estão de pé.*

***

É o que o livro de etiquetas diz? É como essa coisa funciona?

Para. Ela levantou a cabeça do ombro dele.

Para com o quê? Só estou perguntando.

Não, você está sendo passivo-agressivo. Ela soltou a mão dele, cruzou os braços e olhou em outra direção.

De novo ele estava perdido.

3

A solidão e o cigarro vieram juntos durante o segundo ano em Oberlin. Naquela época, Iris estava morando em um quarto individual no Heritage House, único dormitório só para negros no campus. De noite na escrivaninha, debruçada sobre o livro de bell hooks *E eu não sou uma mulher?*, ao devorar cada página, ela ouvia os estudantes no espaço de convivência. Sob o burburinho da paquera e de risadas, sempre tinha música — LL Cool J e A Tribe Called Quest girando no toca-discos sem parar, as batidas que se alternavam no espaço de convivência e dentro do quarto. Era o ano de 1991 e, na maioria das vezes, ao andar pelo campus sozinha, Iris sentia que os anos passavam rápido demais. Sentia que tinha tanta coisa para pôr em dia na vida. Via a si mesma no futuro — sozinha.

Na escrivaninha, havia apenas uma fotinho dos três — ela, Aubrey e Melody sentados do lado de fora nas escadas da *brownstone* dos pais, Melody no colo de Aubrey e ela olhando para a direção oposta a eles — como se já os deixasse. Como se já tivesse partido.

Parecia ter sido há séculos as noites que ela e Aubrey tinham passado dançando no Knickerbocker Park ao som de um DJ que comandava duas picapes com a multidão gritando *The roof, the roof, the roof is on fire. We don't need no water, let the mother fucker burn.* Ela socava o ar com o punho enquanto tomava

34

goles de cerveja da garrafa embrulhada em papel marrom e dançava encostando a bunda em Aubrey.

Alguns meses antes de Melody nascer, seus pais tinham comprado a *brownstone* no Park Slope — um bairro tão estranho para ela quanto Marte, com parques vazios e quarteirões inteiros em que, ao caminhar por um bom tempo, não via uma única pessoa preta. Eles tinham se mudado tão rápido que ela mal teve tempo de colar um papelzinho na caixa de correio dos amigos com seu novo endereço e telefone. Park Slope ficava a duas linhas de ônibus de distância do bairro antigo. Na manhã em que se mudaram, Aubrey chorou e chorou. Mas meses depois, com a mãe no hospital, ele estava morando com eles.

Ela achou que ir para Oberlin valeria a pena por causa dos amigos perdidos depois do nascimento de Melody. Ela enfiaria a cabeça de novo nos livros com um só objetivo — entrar em uma faculdade bem longe de todo mundo que precisava de uma parte dela. Mas as meninas em Oberlin pareciam tão mais novas. Algumas tinham contado com orgulho que eram virgens e que o plano era ficar assim até casar. Ela sempre queria perguntar *E se o sexo no casamento não for bom? Aí você está totalmente fodida, só que de outro jeito.* De qualquer modo, os estudantes que moravam no The House a faziam lembrar de casa. Mesmo os estudantes africanos, a cadência do sotaque que se sobrepunha ao barulho. As risadas, o cheiro da comida que eles traziam na volta das férias e esquentavam no micro-ondas — *akee** com bacalhau, cozido de amendoim, verdura com alho ensopados —, tudo isso misturado com os próprios e recém-adquiridos perfumes de

---

* Considerada a fruta nacional da Jamaica, é da mesma família do guaraná. [N.T.]

adulto empesteavam o The House. As meninas do Caribe, com a pele perfeita e o cabelo naturalmente volumoso, lembravam as colegas da escola católica. As mesmas garotas que perceberam a gravidez antes dela mesma. *Tem um bebê dentro da sua barriga, pode acreditar*, elas falavam baixinho fazendo um círculo ao redor dela. *Dá pra perceber porque seus peitos estão muito grandes e sua bunda está crescendo debaixo da saia que nem uma bexiga.* Como elas sabiam — nenhuma era mais velha que ela, contudo já eram mais sábias, mais velhas do que a própria idade de certo modo. Uma semana depois, ela chegou em casa e encontrou a mãe sentada na privada do banheiro de cima, o banheiro dela, segurando uma caixa de absorventes fechada e chorando. Então, só de encostar as mãos na sua barriga quase achatada, ela soube. Ela já havia ficado sem menstruar antes. Menstruar ainda era uma novidade e parecia que os fluxos iam e vinham aleatoriamente. Mas dessa vez era um pouco além do que apenas intermitência da menstruação. Seu corpo parecia estranho. O bico dos seios ficava duro mesmo sem que Aubrey os tocasse. E de manhã cedinho, a boca ficava cheia de um líquido rançoso que a fazia correr para o banheiro e, então, depois, a deixava enjoada, impedindo de comer qualquer coisa.

Não pode ser verdade, a mãe chorava com uma mão no rosto, a caixa de absorventes pendurada na outra. *Por favor, meu Deus do Céu Todo-Poderoso, em nome do Seu filho e da Santa Mãe, me diz que estou sonhando. Me diz que não vai ser assim que o Demônio vai vir até nós desta vez. Não. Não, minha menina. Não, minha doce, doce menina.*

Se tem um bebê dentro de mim, Iris disse calmamente, as mãos ainda na barriga, *eu vou ter.*

E por que cargas-d'água ela foi tão inflexível assim? Nunca tinha sonhado em ser mãe. Quando pensava no futuro, pensava na faculdade e em algum trabalho chique em algum lugar em que fosse bem-vestida e que tomaria um bom vinho depois do expediente. Sempre tinha velas no seu futuro — mesas com candelabros e em banheiras e quartos. Não tinha Aubrey. Aubrey com covinha e a mãe quase branca e o minúsculo e escuro apartamento onde ele tinha crescido. Eles passavam margarina no pão e punham geleia de uva em cima. A primeira vez que Aubrey ofereceu margarina, ela riu. *Você sabe que isso não é manteiga de verdade, né?* Ele deu de ombros. *Eu acho bom.* Ela não via futuro com alguém que só conhecia margarina.

Mas naquele momento, enquanto a mãe chorava, ela abraçou a barriga e assumiu o que quer que estivesse crescendo lá dentro. Ela imaginou tudo — o bebê crescendo dentro dela, chegando ao mundo perfeito e lindo. Ela imaginou uma criança que os pais não iriam tentar controlar. O bebê seria dela. Ela torceu para que nascesse com a pele bem escura de Aubrey e talvez com seus olhos de âmbar. Em todo lugar a que ela e o bebê fossem, iriam pará-la e: *Meu Deus, que bebê lindo.* Era o que significaria para ela, rodeada de beleza para sempre. Beleza constante como uma batida. Beleza que era só dela. Não gostava de Aubrey o suficiente para ficar com ele para o resto da vida. Gostava dele o bastante para ter uma parte dele dentro dela, para cuidar, amar e ver em que se transformaria. Quando ele chorava na cama implorando que ela nunca o deixasse, não prometia. Mas ela o abraçava, fazia carinho na nuca, dizia de novo e de novo: *É bom, não é? Somos bons juntos, né?* E agora ela poderia dizer: *Olha o que fizemos.*

Ela não achou que fosse ficar grávida. Na maioria das vezes, Audrey usava camisinha. Quando não tinha, tirava a tempo. Às vezes, ela falava que ele não precisava fazer isso. Ela era nova e raramente ficava menstruada, então o que quer que existisse lá dentro que possibilitava ter um bebê não estava ainda completamente formado. Ela achava que nada estava funcionando ainda.

Tem certeza de que tudo bem? Aubrey sussurrava.

Claro que sim. O que você acha, que sou idiota?

Sentada na privada, sua mãe repetia e repetia. *Não somos isso. Não somos o lixo descartável de alguém.* E para Deus, implorava: *Por favor, Pai celeste, diga que esse não é seu plano para nós.*

Agora que o inverno começava a tingir Ohio de cinza, Iris olhava para a pequena pilha de correspondência, uma carta de casa, a revista *Essence*, propostas de cartões de crédito a juros baixos, e pensou de novo em tudo que vivera desde a conversa com a mãe. A comédia trágica que são as lembranças iria parar de reprisar algum dia? A mãe arremessando a caixa de absorventes, depois a atacando e gritando enquanto batia nela e puxava seu cabelo. Iris encostada nos azulejos gelados do banheiro abraçando a barriga e mergulhando em silêncio profundo. A agressão dos punhos e das orações da mãe.

Naquela tarde, ninguém sabia que Iris estava de quase quatro meses, anêmica e abaixo do peso e que, pelos próximos cinco meses, o que ela mais desejaria era pão lambuzado com margarina.

Você tem quinze anos, a mãe dizia, aos prantos agora. *Tem tanta coisa, Iris. Tanta coisa mais...*

Não é o fim do mundo, mãe. É só um bebê.

Na época, era o mais distante que Iris conseguia enxergar — gravidez, nascimento, bebê. Ela não pensava na vergonha que iria forçar a mãe a se mudar de Bushwick. Não pensava que o bebê se tornaria uma criança e que a criança um dia viraria alguém com a mesma idade dela — e até mais velha.

Iris encostou a boca nos envelopes frios e na revista. *Eu tinha quinze anos,* sussurrou neles. *Quinze anos. Não era nem gente ainda.*

4

Até mesmo um homem vai chorar. Não dá para evitar. O pensamento vai de um lugar a outro. Desde a bênção pela chegada de uma nova vida e esse sentimento preso na garganta até a infância da filha ser roubada bem na sua frente. Achei que teria Iris pequeninha por mais tempo. Mas sentado aqui com você adormecida no colo, não imagino a vida de outro jeito. Ao longo de gerações, cada momento conduzia a você no meu colo, a cabeça encostada no peito do seu avô, já com quatro anos. O cabelo com cheirinho de óleo de coco. Mas tem algo mais por trás. O suor de uma menininha — quase salgado, e quando identifico o que é, muda, misteriosamente fica adocicado. Me dá vontade de ficar aqui para sempre respirando seu couro cabeludo. Quando seus braços ficaram tão compridos? Os pés tão grandes? O macacão cheio de renas me lembra os que sua mãe usava. Ela sempre dormia no meu colo exatamente assim. Na outra casa. Ah, tempo tempo tempo. Onde foi parar onde foi parar?

Minhas pernas estão doendo agora à noite. Tem outra dor boba também — em algum lugar das costas, que incomoda. Tento não pensar nela. Os antigos costumavam dizer que *A idade está na alma*. Cá estou, mais perto dos cinquenta que dos quarenta, mas me sinto ainda mais velho na maioria das vezes. Como se o mundo quisesse me empurrar de volta para dentro dele. Como se Deus tivesse se adiantado e dito: *Mudei de ideia sobre você, Po'Boy*. Um banho com sal de Epsom de tardezinha ajuda às vezes. O chá de gengibre segura a comida gostosa de Sabe no estômago. Sentar aqui no final do dia te segurando — é... bem, não vou mentir e dizer que não é a melhor coisa que aconteceu na minha vida, porque é.

Olhar para você enquanto dorme sorrindo. Fico imaginando com o que você está sonhando. O que te faz sorrir assim?

Conta para o seu avô o que se passa nessa linda cabecinha preta, pequena Melody. O nome é uma música. Como se o seu nascimento fosse motivo para o mundo cantar. Você sabe o quanto seu velho avô adora quando você canta canções bobas para ele. Sabe diz que vai ter que usar fones de ouvido se tiver que ouvir mais uma estrofe sequer de "O mundo de Elmo" ou daquela música sobre como plantar um jardim. Mas eu, eu posso ouvir sua voz para sempre. Não me canso de te ouvir.

Um dia você vai ouvir Erroll Garner cantar "*Fly me to the Moon*" ao piano e sua boca adorável não vai saber o que fazer, bebezinha. Senhor. Senhor. Senhor. Senhor. Você tem tanto o que viver pela frente. Lembro a primeira vez que ouvi Etta James contando para o mundo que ela preferia ser cega a ver o homem dela a deixar. O jeito que a voz dela... a voz dela, Melody. Algo talvez parecido com o que você está sonhando agora. Queria cantar essa música, mas você acordaria chorando. Hum. Sempre quis saber cantar. Queria saber dedilhar as teclas do piano como o sr. Garner — aquele homem era um gênio. E quando ele encostava nas teclas e tocava "*Jeannine, I Dream of Lilac Time*" — cara, esquece. Ai. Só de ouvir arrepia. Só de ouvir. Só de ouvir.

Você não está no planeta Terra há tempo suficiente para entender, mas um dia você vai. Pode acreditar no vovô que vai.

A noite está bonita. Acho que o inverno está tentando nos deixar. Não tem mais neve, mas parece frio lá fora. Nosso menino, Benjamin, nasceu numa noite dessas — fria e limpa e silenciosa. Estávamos em Chicago com a família de Sabe. Parece que foi há tanto tempo, mas não tempo suficiente para não me lembrar do frio de Chicago entrando pelos *ossos*, juro. Aquele vento vindo da água? O quê? Não sinto saudade de Chicago. Mas sinto saudade da época. Sinto saudade de quem eu e sua avó éramos nesse tempo. Sabe com aquela barriga e nós dois sempre tão felizes só por estarmos perto um do outro. O fogo que parecia acender toda vez que nossos braços se tocavam. O modo como ela me olhava como se tivéssemos todas as horas do mundo à disposição só para sorrir um para o outro. É, sinto mesmo saudade do tempo que passou.

Mas se tivéssemos ficado por lá, você não estaria adormecida no meu colo segurando ainda com força o livro do peixe arco-íris. Não ia dizer isso enquanto eu lia e você estava acordada, mas não sei não sobre esse peixe dar todas as suas lindas escamas. Me faz pensar na sua mãe. Achei que ela ainda era nossa. Achei que ela ainda era minha menininha. Mas não era. Achei que um dia ela ia crescer e eu ia acompanhá-la até o altar para entregá-la. É verdade que ela não era minha para dar a alguém. Não, senhor. Ela não era minha de jeito nenhum. Mas me senti como se fosse escamado vivo quando Sabe contou que você estava a caminho. Era como se alguém tivesse colocado uma faca sob a minha pele e levantado. Acho que é de onde as lágrimas vieram, de saber que há tanta coisa nesse mundão de que não se tem um tico de controle. Acho que, quanto mais cedo se aprende isso, mais cedo as desilusões da vida serão menores. Ah, senhor. Algumas noites não sei onde terminam as dores antigas e começam as novas. Acho que, quanto mais velho, mais elas se transformam em uma única, duradoura e profunda dor.

Naquela noite, cheguei em casa do trabalho e encontrei Sabe na cama abraçada ao travesseiro. Sua avó nunca foi de voltar para a cama depois de ter levantado. Levantar. Arrumar a cama. Começar o dia. Ela era assim. Mesmo depois que perdemos Benjamin, ela levantava da cama toda manhã. Andava mais devagar com o novo peso nas costas e tudo, mas mesmo assim, se erguia.

Eu disse: *Sabe, você está doente, querida?*

O pensamento te leva a muitos lugares. De pé em nosso quarto escuro, apenas com a luz do corredor acesa, pensei que talvez eu estivesse errado. Talvez não fosse o que eu sabia, mas algo mais assustador. Algo mais violento. Sua avó segurando o travesseiro como se tentasse se agarrar à vida mexeu comigo.

Mas eu sabia. Em segredo, a conexão entre mim e Iris era algo que ninguém — nem eu mesmo — entendia. Mas eu olhava para a sua mãe e sabia se tinha estado com Aubrey, assim como eu sabia se sentia dor, raiva ou medo só de encostar em seu ombro. Eu conhecia Iris de um jeito que Sabe não conhecia. Mesmo assim.

Melody, espero que você nunca tenha que ouvir sua filha gritar e chorar para ter seu bebê. Espero que você nunca tenha que ficar na casa em que você achou que ia envelhecer sabendo que a vida que construiu com sua mulher e filha acabou. Espero que você nunca tenha que reavaliar as ações do Deus em que sempre acreditou. Eu e Sabe não entendíamos o que tínhamos que fazer com esse novo fardo. Então você foi se revelando. Esse montinho redondo que significava que Iris teria um surto de crescimento. Quando ela era pequena, a cada tantos meses o estômago ficava como o seu. Saliente, como se alguém não tivesse saído da mesa de jantar na hora certa. Então, de repente, o estômago desinchava e ela crescia cinco ou seis centímetros. Mas dessa vez não era um estirão. Era já você dentro dela. Agora, olha, você fez seu avô chorar de novo. Fez seu velho avô lacrimejar como na primeira vez em que entrei no quarto do hospital e vi seus olhos meio abertos olharem para mim.

Eu quero que o nome dela seja Melody, sua mãe disse. *Em homenagem à vovó Melody que quase morreu em Tulsa.*

Depois de um momento, sua mãe olhou bem para mim e para Sabe e disse: *Mas não morreu.*

Então ela pronunciou seu nome de novo. Melody. E eu e sua avó demos as mãos e agradecemos em silêncio ao mesmo Deus que quase xingamos meses antes.

5

Iris estava em pé do lado de fora do centro acadêmico abrindo uma carta que os pais tinham enviado — setenta e cinco dólares e uma foto de Melody — ao ser tomada pela lembrança do momento da descoberta da gravidez. O pranto do pai, a raiva da mãe, as freiras, os vizinhos e, finalmente, a igreja. Parecia que, quanto mais longe ficava, mais a família a assombrava. Uma carta por semana, uma foto por mês do bebê mostrando a transformação do corpinho em bebê que anda e enfim em criança. Agora rindo. Agora com um sorriso forçado. Com o cabelo trançado. Solto e cheio de cachinhos. Preso em um rabo com tranças enfeitadas com miçangas. Iris nunca conseguia olhar muito tempo para ela. Queria passar horas sozinha para observar as mãos de criança em transformação e agora um novo buraco na boca dela. Na foto do mês anterior, tinha um dente da frente pendurado sobre o lábio inferior e Iris riu muito, e quis entrar na foto para dar um puxão naquele dente mole da filha. Ela ficava imaginando as conversas que estava perdendo — as brigas por Melody querer ficar com o dente mais um dia, uma semana, um mês. Por que Aubrey não entrou de fininho no quarto no meio da noite e arrancou o dente como o pai dela tinha feito? — Iris acordava de manhã com um novo buraco na boca e uma nota de um dólar novinha debaixo do travesseiro. Só que sem o dente. Será que Melody tinha ganhado um dólar também? Iris olhou bem para o buraco — o semicírculo rosa da gengiva ao lado de um dentinho da frente levemente inclinado como se também estivesse mole. Iris tremeu. Passou a língua nos dentes bem alinhados da frente. Ela tinha perdido o aniversário da filha, mas ligou, só para ouvir Melody dizer: *É meu aniversário e é dia de festa. Tchau! Papai me deu uma bicicleta. Tchau de novo.* E quando ela lembrou a filha de que a bicicleta era um presente dos dois, Melody disse: *Mas foi o papai que montou ela. E papai vai me ensinar a andar.* As ligações eram sempre assim: *Papai, papai, papai* e os programas que ela assistia na TV. Quando tentava saber o que Melody estava lendo, a filha ria. *Tudo*, ela dizia. Estou lendo *tudo*.

Agora, ao olhar a fotografia da filha, ela lembrava de novo como sua mãe tinha dito mais de uma vez que não havia nada de maternal em si, e ficava imaginando se o gene da maternidade seria ativado mais tarde. Iris ficava imaginando se aconteceria aos vinte ou aos trinta. E, caso acontecesse, iria querer mais filhos? Definitivamente não com Aubrey. Mas se não fosse com ele, com quem seria? Nada a ver os caras de Oberlin. Talvez ela fizesse uma pós. Encontraria alguém?

É sua irmã?

Iris tomou um susto e a foto caiu no chão.

Uma garota que ela nunca tinha visto estava ao seu lado. A garota pegou a foto, tirou a neve e a devolveu para Iris.

Ela é fofa. Parece muito com você.

É. Parece.

Na foto, Melody segurava uma bexiga laranja e ria para a câmera — o cabelo arrumado com trancinhas, os olhos escuros e brilhantes. A mão que segurava a bexiga estava com as unhas impecavelmente feitas. Alguém as tinha pintado de rosa-claro. Nas orelhas, brinquinhos de esmeralda.

É Iris, né? A menina falou. *Literatura norte-americana. Você discutiu sobre Carver com aquele cara branco. Você ganhou.*

Iris não tinha a menor lembrança dela na aula, mesmo a sala sendo pequena e fácil de identificar quem era negro. Ela se lembrava de discordar de alguém sobre o talento do escritor. As frases em *staccato* de Carver a irritavam. Algo que ela poderia ter escrito na sétima série. Mas os brancos da sala pareciam adorar.

Como ela não reparou nessa garota?

É, ela disse. *Eu consigo ler Márquez. Pelo menos o irmão usa um ou dois adjetivos.*

A garota sorriu. Ela usava óculos pequenos de aro prateado e um boné verde-escuro.

Iris colocou o dinheiro de volta no envelope. Guardou o retrato de Melody no bolso do casaco. Queria continuar olhando para a filha — por muito tempo e atentamente. Queria continuar observando as mudanças ao longo dos meses. Ver quais partes dela permaneciam e continuavam a conectar as duas.

Jamison, a garota disse, estendendo a mão. Tinha anéis de prata no dedão e no dedo do meio.

Iris. Iris não sabia o que fazer depois de apertar a mão, então ela ficou parada, mexendo no envelope e olhando para o campus. Jamison tirou o boné e com o cabelo à mostra, dreads compridos presos atrás, Iris se lembrou dela.

Ah, você, ela disse.

Sim, eu. Jamison sorriu. Tirou do bolso um pacote de tabaco Drum e colocou um pouco na seda. Enrolou o cigarro com destreza com uma mão, levou-o até a boca e selou com uma lambida. Sorriu quando viu Iris olhar para ela. Aquele cabelo e o cigarro enrolado deixaram Iris insegura.

O nome Melody tinha sido ideia sua. *Toda vez que falar o nome dela,* disse para Aubrey, *vai ser como ouvir música.*

Verdade, Aubrey disse. *Eu gosto.* Então a beijou. De novo e de novo, ele a beijou.

Como o uísque, Jamison disse.

O quê?

Meu nome é parecido com o uísque Jameson. Aqui me chamam de Jam na maioria das vezes. Como a geleia.

Posso experimentar? Iris inclinou o queixo em direção ao cigarro.

Com certeza.

Era início de tarde, a dois dias do feriado prolongado de Ação de Graças. A neve estava para cair. Não a neve assustadora de Ohio que ela havia presenciado no primeiro inverno. Esta neve era delicada, mais duvidosa. Desde o primeiro dia, Ohio tinha mexido com ela.

48

***

E estava mexendo de novo. Exatamente agora.

Jam deu um cigarro para ela. Iris sentiu seu cheiro ao se inclinar para acender o cigarro no dela. Jam recendia a frio e a terra e a algo profundamente familiar.

Você é de Nova York, não é?

É, Brooklyn. Iris deu uma tragadinha no cigarro. O sabor da fumaça era doce e quente.

Jam era alta, ombros estreitos, vestia uma blusa listrada de gola alta e jaqueta verde. A calça comprida parecia intencionalmente rasgada — como se ela mesma a tivesse desgastado para ficar daquele jeito. A pele tinha um tom mais escuro e era perfeita — nenhuma espinha, nenhuma mancha preta, nenhuma pinta, nada. Iris se deu conta de que prestava muita atenção na pele das pessoas. Depois de ter tido Melody, apareceu um monte de espinhas na testa que por muitos anos ficaram indo e voltando. Não adiantava passar a esponja nem fazer máscara ou usar vapor, era impossível se livrar delas. Iris deu mais uma tragada, dessa vez deixando a fumaça descer até os pulmões antes de exalar. Mas a pele dessa menina — ela queria tocar. Descobrir se era tão macia quanto parecia.

A vida toda lá, Iris disse. *Até agora.*

Nova Orleans, disse Jam. *Primeira geração. Você?*

Primeira o quê?

É a primeira do seu pessoal a entrar na faculdade?

Iris balançou a cabeça. Era uma pergunta sobre classe social. Descobrira agora. Era uma pergunta do tipo "quem é você". De onde você vem, o que você faz, quais suas origens.

Não. Tinha aprendido a dar respostas simples.

Aubrey não teria sido a primeira geração também. Antes de ir para Oberlin, todo dia ela observava da cama ele acordar às seis da manhã, trocar a fralda da Melody, levar o bebê para ela e então tomar banho, se barbear e se vestir para o trabalho. Ensino médio era tudo de que precisava, ele dizia para ela. *Estou satisfeito com um diploma e um trabalho. Além do mais, é um diploma especial de ensino médio, então sou um menino de ouro.* Ele tinha tanto orgulho do selo dourado em seu diploma — um indicador de ter se saído bem nos exames nas cinco principais matérias. Se ele tivesse feito o SAT, Iris tinha certeza de que provavelmente tiraria uma nota alta suficiente para entrar na faculdade que escolhesse. Mas ele tinha parado. Estava *satisfeito*. De vez em quando, de manhã, ele assobiava baixinho. Iris não entendia a felicidade dele. Como era possível isso ser totalmente suficiente. Depois de amamentar Melody, ela encostava o nariz na cabeça do bebê e caía de volta no sono. Enxergava um futuro depois dessa fase em que os três viviam apertados em um quarto todo dia de manhã. Um futuro maior do que os três morarem na *brownstone* dos pais. Mais do que isso, ela nunca tinha imaginado Aubrey como o limite para ela. Não fazia parte dos planos passar a vida toda com ele, a despeito de ter perdido a virgindade com ele. As respostas de aprovação que começaram a chegar, primeiro Barnard, depois Vassar e, finalmente, Oberlin, eram a chance de se desvencilhar. Ela enxergava uma saída.

Tem saudade dela?

De quem?

Da sua irmãzinha, Jam disse. *A criança na foto.*

Sim, Iris disse.

Tem outras?

Iris balançou a cabeça. *Não. Só ela. Só Melody.*

Melody. Que nome bonito.

Iris sorriu. Elas ficaram ali paradas tremendo de frio e em silêncio, inalando e exalando, assistindo a fumaça subir e desaparecer por cima delas.

6

A primeira vez que Aubrey levou Iris em casa eles tinham quinze anos, Iris com duas tranças francesas no cabelo, *baby hair* moldado com gel na testa no contorno do rosto.

Não é baby hair *porque você não é bebê*, Aubrey tinha dito enquanto a observava arrumar o cabelo com uma escova de dente que tirou da mochila e finalizar com a pomada Nu Nile da Murray's para fixar os cachinhos.

Cala a boca. Iris riu, dando um empurrão nele. *Você é que não é mais bebê. Não mais, graças a mim.*

Era verão de 1984 e Iris tinha uma edição do livro *1984* no bolso da calça jeans. Os dois tinham ficado impressionados com a história — como Orwell imaginou algo completamente diferente do ano que eles estavam vivendo. Fez Aubrey ficar ainda mais apaixonado por Iris — pensar em um mundo onde ele não seria capaz de amá-la o deixava assustado. Além disso, Orwell tinha errado no mais importante — onde estavam Kool & the Gang e Tina Turner e *Ghostbusters*? Onde estava o *Thriller* de Michael Jackson bombando? Se 1984 foi alguma coisa, com certeza absoluta não foi nada do que Orwell imaginou.

Iris ainda morava em Bushwick naquela época, e eles passavam a manhã na casa vazia, no quarto do andar de cima, em que a colcha combinava com a cortina e as paredes eram de um branco tão intenso como se tivessem sido pintadas no dia anterior. No quarto dela, eles deitaram na cama e ficaram se beijando e se esfregando um no outro até Aubrey ficar com os lábios ardendo e o corpo a ponto de explodir por querer fazer tudo. Eles já saíam a sério havia quatro meses, Iris ficava ali na quadra enquanto ele jogava basquete com os amigos, depois os dois conversavam por horas a fio sentados em um banco no parque Knickerbocker, sua mão debaixo da camiseta dela, as pernas sobre as dele. O que ele sentia por Iris era diferente do que tinha sentido por outras garotas — aos dez, onze, doze. Era mais profundo, mais antigo de certa forma — como se eles pertencessem, no presente, a uma lembrança de muito tempo antes. Ela estava sempre na cabeça dele — na aula de matemática, no treino de basquete, quando ele e a mãe sentavam sozinhos para comer TV Dinners — lá estava Iris, rindo para ele, se inclinando para lhe dar um beijo, zombando dos seus arremessos, do velho tênis Pro Keds da escola, do cabelo recém--cortado, da covinha bem debaixo do olho direito.

Eu te amo, ele sussurrou na orelha dela quando estavam deitados lado a lado na cama. *Eu te amo tanto, Iris*. Porque talvez isso fosse amor — uma dor constante, uma necessidade sem fim. Esperou Iris falar de volta que o amava, mas em vez disso, ela colocou a mão dentro da calça dele, e dentro da cueca, e envolveu-o. Aubrey mordeu o lábio inferior com força, fechou os olhos e esperou pelo que ia acontecer. Estava morrendo de medo. Só tinha feito aquilo sozinho. A mão cheia de vaselina, dentro do banheiro, de porta trancada e com a torneira aberta caso ele gemesse ao imaginar meninas peladas que só tinha visto totalmente vestidas. Ele tinha imaginado Iris pelada, mas por mais que apertasse bem os olhos, por mais rápido que movimentasse as mãos, o corpo dela nunca ficava nítido. Era como se sua própria imaginação se turvasse quando tentava vê-la. Deitado ao seu lado, a mão mexendo nele devagar, os dedos dele subindo por sua barriga e por debaixo do sutiã, ficou feliz de sentir que ela estava excitada sob a roupa. Tão perfeito. Quando abriu os olhos de novo, Iris estava rindo, aquele sorriso com os olhos amendoados que o assustava pra caramba e o deixava mais apaixonado. Ela puxou as calças e a cueca para baixo dos joelhos e ele, sem saber o que fazer, fechou os olhos de novo e deixou que ela continuasse. Rezando em silêncio para ela parar. Torcendo para que não parasse. *Eu te amo*, ele disse de novo, porque se ele sussurrasse qualquer outra coisa, tinha certeza de que iria chorar. Ele não queria chorar. Ele queria rir. Não, ele queria chorar.

Abre os olhos e tira a minha camisa, ela disse.

Ele começou a desabotoar a camisa dela lentamente. Nos filmes que tinha visto, isso fazia parte da cena de amor, o cara olhava nos olhos da namorada enquanto tirava a roupa dela. Ele queria que essa parte durasse para sempre. Queria que tudo corresse devagar e perfeito e direito.

Está vacilando, meu pai vai chegar em casa e encontrar você no meu quarto seminu. Iris afastou as mãos dele e rapidamente desabotoou a camisa. Ele não sabia o que fazer com as mãos.

Tira a roupa, Aubrey! Parece que você não quer.

Ao pular da cama, ele tropeçou e se apoiou na cômoda para tirar a calça e a camiseta. O ventilador zumbia na janela, mas o quarto continuava quente. Apesar do zumbido, a casa estava em silêncio. Quando subiu na cama ao lado dela, ouviu seu resfolegar — tanta excitação e medo. De repente estava pelado sobre ela, apenas fora dela e, logo depois, por uma estranha graça de Deus, dentro dela. E rápido assim, ele não era mais virgem. Rápido assim, agora ele sabia — como era transar. Doloroso. Doeu. Por que doeu? Mas a dor foi logo embora. E foi bom. Tão bom. Tão, tão bom.

Mas Iris não estava chorando.

Os garotos da quadra disseram que a primeira vez para as meninas doía. Disseram que tinha uma espécie de parede de pele que se rompia. *Como o portão de pérola, da Bíblia*, disseram. *E aí é o céu.* Aubrey riu com eles, deram *high fives* enquanto mentiam sobre a primeira vez. Um irmão falou um monte sobre uma garota que fez ele parar, mas aí ele falou que se ela não o deixasse terminar, ela sairia pela vizinhança semidescabaçada e que tipo de imagem era aquela. Mas eles estavam errados. Não tinha parede de pele, só Iris pressionando para cima e ele pressionando para baixo e uma sensação que nunca pensou que existisse na Terra. Primeiro, seu corpo explodiu por dentro e depois dentro de Iris. Deu para sentir o jorro entrar nela, e o corpo dela o engolir inteiro. Tinha que ser amor. Tinha que ser.

Enquanto estavam deitados, depois de se vestirem rapidamente, Aubrey queria perguntar se tinha tido algum cara antes dele. Mas não conseguiu. Queria perguntar se ele era grande o suficiente, calmo o suficiente, bom o suficiente. Ela ria para ele — aquele sorriso *eu te conheço*, mas ele desviou o olhar para as cortinas que faziam conjunto com a colcha, para o ventilador, para o final da tarde. Parecia que tinha perdido algo. Algo mais do que a virgindade. Como se algo tivesse sido roubado dele e que nunca mais teria de volta. Ele se sentiu um inútil pensando isso. Iris tinha dado para ele. Por que aquele sentimento? Por que o sentimento de que uma promessa do universo tinha sido quebrada? Droga.

***

Uma hora depois, ela estava de frente para o espelho de um carro arrumando o cabelo, um Oldsmobile destruído e abandonado no quarteirão da casa de Aubrey. Dias antes, aquele carro o tinha deixado totalmente envergonhado, mas ao ver sua garota arrumar o cabelo para ficar bonita e encontrar a mãe o fez mudar de ideia. Talvez fosse algo sagrado que aterrissou ali exatamente para aquele fim, sem pneus e com o para-brisa quebrado. O sentimento de perda não ameaçava mais se transformar em lágrimas. Mas ainda estava lá — pesado. Ele se sentia suado e sujo. Sentia o cheiro dos dois. Os garotos não tinham falado sobre isso — sobre como ficavam cheirando e se sentindo depois. Depois, ele tinha abraçado Iris tão forte. Se ela não tivesse dito: *Não consigo respirar*, ele ainda a estaria abraçando, querendo que ela estivesse dentro dele. Curvada em frente ao espelho retrovisor, a centímetros de distância apenas, Iris parecia bem distante.

Sua mãe estava sentada na sala de estar no escuro, as persianas fechadas, o ventilador no chão espalhava ar quente no ambiente. Estava de robe com dois modeladores de cachos presos na testa e o resto do cabelo puxado para trás em uma trança. Antes de Iris, a mãe tinha sido seu único amor verdadeiro. Era a realidade para vários amigos. Especialmente os da quadra. Mães de ouro. Um passo além desse limite era briga.

Sua mãe é tão...

Ei, cara, não fala da minha mãe a não ser que você queira que eu te foda!

Mas no caso de Aubrey era diferente. O amor que ele sentia pela mãe era tão profundo que parecia ser o de um homem velho — alguém que amava e era amado há décadas. Ele amava tudo dela — o cheiro, estranhamente ainda de água salinizada que conhecia desde criança, como ela dançava sozinha às vezes quando a rádio dos velhos tempos tocava Chi-Lites. *Oh, I see her face everywhere I go, on the street and even at the picture show.* Ele até gostava do nome dela — CathyMarie —, dois nomes juntos, como se fosse a coisa mais comum do mundo ter uma letra maiúscula no meio de um nome, os pais devem ter achado. CathyMarie Daniels. Quando ele era pequeno, queria chamar-se AubreyBrown só por causa do B maiúsculo. Ele não tinha dois sobrenomes. Sempre foi Aubrey Daniels. Mas a mãe se recusava a deixar que ele acrescentasse Brown. Só *Aubrey,* ela dizia. *Aubrey é perfeito. Não vai ser bom que pensem que seu sobrenome é Brown.** Ele desistiu.

Ao entrar em casa com Iris, esperava flagrar a mãe ouvindo música e dançando, mergulhada em alguma lembrança, gingando com os quadris, estalando os dedos sem fazer barulho. Mas a escuridão no apartamento indicava algo diferente. Algo que vinha acontecendo intermitentemente havia meses. A TV ligada com mais frequência. As estações de rádio antigas quase sempre mudas. O modelador de cabelo nos finais de tarde tinha sempre um cheirinho ruim junto com o cheiro de Lysol.

Aubrey parou no meio da sala.

Mãe?

---

* *Brown,* em inglês, significa literalmente "marrom". A lei brasileira promulgada pelo Estatuto da Igualdade Racial define como população negra aqueles que se autodeclaram pretos e pardos, mas nos Estados Unidos existe uma distinção entre *black* e *brown.* Aqui, "brown" alude ao termo utilizado para designar pessoas de outras identidades raciais minorizadas. [N. E.]

A mãe não respondeu.

Oprah estava na TV. Não dava para saber qual era a situação, tinha uma mulher branca sentada em frente a ela chorando. Oprah estava prestes a chorar também. Sua mãe estava chorando.

Antes de Santa Cruz e Berkeley. Antes do cara do jazz que foi quem mais chegou perto de ser um pai para Aubrey. Antes de ser a mãe dele, ela era uma menina de Oakland criada dentro do sistema. Por muito tempo, Aubrey não entendeu o que era o sistema, mas só pelo olhar sombrio da mãe toda vez que o mencionava, sabia que não ia querer fazer parte dele. *Fode pra você ver*, ela dizia, *que essa sua bunda vai parar no sistema*. Mais tarde, ele entendeu que tinha algo a ver com os meninos violentos de pele rachada e cinzenta que o perseguiam no pátio da escola. Algo a ver com as meninas de olhar triste que andavam pelos corredores segurando os cadernos apertados contra o peito. Ele sabia que o sistema era a mulher branca da praia que perguntou para a mãe por que ele, aos sete anos, não estava na escola em dia de semana, e o cara do supermercado que olhou de canto para ele e perguntou para a mãe se ela tinha mais algum filho adotado.

Mas o sistema pagou a faculdade. Até a pós, ainda que ela tenha frequentado o curso por pouco tempo. O sistema ajudava a pagar o aluguel e enviava um envelope com cupons de alimentação coloridos todo mês. O sistema pagava a terapeuta com quem a mãe conversava quando esse mesmo sistema passou a persegui-la em sonhos, ela lhe contou. Mas nunca contou de que jeito o sistema a perseguia. *Você não precisa saber*, ela disse. *Não quero transferir isso pra você*.

Nos dias em que ela voltava para casa depois do expediente de meio período em uma agência de correio qualquer no centro de Manhattan, Aubrey a encontrava como agora — no apartamento escuro com a TV ligada. *Apaga, apaga, apaga*, ele a ouvia sussurrando às vezes batendo levemente com a mão na testa. *Apaga tudo.*

Uma vez, depois de ter visto num programa de televisão, ele sugeriu rezar. Mas ela não acreditava em Deus. Ou em Jesus. Ou no Diabo. Ou em prece.

Eu acredito em palavras, disse. *Acredito em números e em toda história que eu entenda. Acredito no que posso ver.* Quando era pequeno, ela costumava abraçá-lo e dizer: *Cara, cara, como eu acredito em você, Aubrey. Meu amor. Minha luz. Minha vida.*

Meu amor. Minha luz. Minha vida. Aubrey fitou a quase escuridão ao recordar essas palavras. Ele se lembrava sempre dessas palavras e do profundo e doloroso amor que sentia pela mãe. E agora que o amor tinha se dividido, expandido e amadurecido. Para incluir Iris.

Sua mãe parece uma mulher branca, Iris sussurrou. *Menos pelos modeladores no cabelo.*

Ela não é. Ela é negra. Só a pele é mais clara. Uma irritação repentina o invadiu. Talvez houvesse alguma branquitude na mãe, mas se tinha, ela nunca falara sobre isso e ele também não.

Trouxe minha amiga pra te conhecer, mãe. O nome dela é Iris.

Iris ficou parada atrás dele. Aubrey percebeu que ela se esforçou para não olhar o pequeno apartamento escuro com a mesa dobrável coberta com a toalha de plástico, a pia cheia de xícaras de café e a lata de café Maxwell House no balcão, um pouco de pó derramado ao redor. Alguns Cheerios aparentemente molhados circundavam o lixo, uma barata andava sobre eles.

A mãe finalmente enxugou as lágrimas e olhou para eles. Observou o cabelo de Iris, a camiseta apertada e os shorts jeans, e algo na tela da TV, que Aubrey viu refletido nos olhos dela, piscou. Acendeu. E na mesma hora escureceu de novo.

Noites de prazer se transformam em dias longos, a mãe disse gentilmente. *É tudo que vou falar agora sobre você e sua amiga Iris.*

Sem essa, mãe, Aubrey disse. *Ela faz escola católica.*

E quem fez escola católica, você sabe como eles chamam, não? Ela voltou a olhar a televisão. *Chamam de mamãe e papai.*

Iris riu, mas Aubrey não achou nem um pouco engraçado.

Estava passando uma propaganda — uvas-passas dançavam na tela da TV em preto e branco.

Aubrey ficou parado, sem querer entrar na sala. Além do sofá e da TV, tinha duas cadeiras, uma mesinha de canto e um tapetinho verde-escuro. Atrás do sofá, a mãe deixava duas malas prontas — uma para ela e uma para ele. Eles sempre foram atrás da água. Mas no Brooklyn, agora com Iris, Aubrey tinha a sensação de que estava onde sempre quis. Como se finalmente estivesse em solo seguro.

Muito prazer, Iris disse.

Prazer em te conhecer também.

***

Eles estavam em pé no corredor que separava a sala do quarto da mãe. O apartamento era do tipo *railroad*, com um quartinho no fundo onde Aubrey dormia em uma cama de solteiro com uma coberta listrada de um tecido que pinicava no verão e não esquentava no inverno. Antes de entrar na casa de Iris com aquele piano de parede ostentando retratos emoldurados de antepassados familiares, não pensou que ele e a mãe fossem pobres. Mas agora, no aposento em penumbra e com a delicada respiração de Iris em seus ombros, entendeu que eram. Assim que se deu conta disso, sentiu-se estranhamente envergonhado. De costas, ele procurou pela mão de Iris. Tentou não sentir o cheiro barato de Lysol, tentou não olhar para o vaso cheio de flores de plástico sujas.

Só queria que você a conhecesse antes de levá-la para casa, ele disse.

Ele foi até a mãe e beijou-a delicadamente na testa. *Te amo, mãe.*

O nó na garganta era a percepção de que eles sempre estiveram, desde o primeiro dia, no modo sobrevivência. Segurando-se. Agarrando-se à *vida*. Do salário de meio período aos cupons de alimentação e de volta ao salário de meio período.

Te amo também, querido. Pega um desses cupons e me traz uma coca diet quando voltar. A mãe colocou um dos cupons na mão dele e olhou nos olhos dele por um momento.

E fica com o troco, ela disse, *para comprar alguma coisinha pra você e sua amiga nova.*

7

Tão certo como eu me chamo Sabe, digo que se quiser sobreviver é preciso colocar dinheiro em todo canto. Nos bolsos secretos do casaco, dentro dos sapatos de camurça que você não usa mais, mas não consegue jogar fora porque eles lembram os anos em que você dançava nas noites de sábado. Debaixo dos vasos de flores e dos potes de doce, guardados em lenços no fundo da gaveta da cômoda. É preciso saber que o banco nem sempre vai estar aberto, podem até dizer que não têm mais o seu dinheiro, e como fica então? O que você tem?

Escuta. Os brancos de Tulsa* incendiaram o cabeleireiro da minha mãe até não sobrar nada. Incendiaram a escola que minha mãe teria frequentado e o restaurante do pai dela. Quase incendiaram minha própria mãe, que tinha uma cicatriz em forma de coração no rosto até o dia em que a enterraram. Imagine tentarem pôr fogo em uma criança de dois anos. Era a idade da minha mãe — dois anos e mal andava quando atearam fogo nela. O próprio pai a salvou, mas antes um pedaço de madeira do salão caiu sobre o rosto dela marcando-a por

---

* Em 1921, Greenwood, distrito de Tulsa, em Oklahoma, era chamado de Black Wall Street por ser uma região com uma população de negros norte-americanos cujos negócios eram muito bem-sucedidos. Em um dos piores momentos de violência racial da história dos Estados Unidos, o distrito foi atacado, incendiado e destruído nesse ano, pelos brancos, a partir de aviões particulares que devastaram, em 24 horas, 35 quarteirões, matando homens, mulheres e crianças. [N. T.]

toda a vida. Dois anos. Os brancos tentaram matar cada corpo preto vivo em toda Greenwood, minha mãe incluída. Cada um. Isso foi em 1921. A história tenta chamar de rebelião, mas foi um massacre. Os homens brancos vieram em seus aviões de guerra e lançaram bombas no bairro da minha mãe. Que Deus a tenha, mas se ela fosse viva contaria a história para qualquer um ouvir. Até a idade de ir para a escola, devo ter ouvido umas cem vezes. Eu sabia. Fiz questão de que Iris soubesse. E vou fazer questão de contar para Melody porque para um corpo ser lembrado alguém tem que contar sua história. Se eles tivessem incendiado minha mãe, eu não estaria aqui. Mas só digo isso — se eu vivesse até os cento e noventa e nove anos, nunca iria para esse estado, Deus é testemunha, meu salvador, minha fortaleza. Ninguém nunca vai ver os pés da sra. Sabe no estado de Oklahoma.

Os mais velhos diziam que um novo pássaro nasce das cinzas. Não tinha sobrado muita coisa depois do incêndio, mas o pessoal da minha mãe empacotou o que tinha e foi para Chicago, onde o irmão do meu avô era médico. Chicago também teve seus problemas em 1919, mas o tempo tinha passado e o irmão do meu avô estava indo bem por conta própria. Era casado com uma enfermeira e os dois viviam em uma casa grande no Sul. Roupas boas. Talheres de verdade. Dois tipos de carne toda noite. Empregada. Senhor. Triste era que a enfermeira não podia ter filhos, então, no meio daqueles quatro adultos, minha mãe era a vida deles.

Senhor. Senhor. Senhor. Mesmo com toda aquela vida boa, o incêndio permaneceu em minha mãe. Durante a infância, acossava-a de noite fazendo-a acordar suada e aos gritos. Por isso não acredito quando dizem que as crianças não sabem. Que são muito novas para entender. Se elas conseguem andar e falar, conseguem entender. Veja como um bebê cresce nos primeiros anos de vida — engatinha, anda, fala e ri. O cérebro evolui o tempo todo. Não me diga que tudo isso não se torna parte do sangue. Da memória.

Os brancos chegaram com tochas e raiva. Cercaram os carros, gritaram, xingaram de pretos como se chamassem pelo nome deles. Transformaram a vida e os sonhos da minha família em cinzas. Então minha mãe me ensinou a proteger o que me pertence. A gente se apega aos sonhos e ao dinheiro. E dinheiro em papel queima, então a gente tem que guardá-lo em moedas, em rolos de vinte e cinco, dez e cinco centavos. E quando forem muitos, a gente procura o homem que vende barras de ouro. E guardamos as barras de ouro sob as tábuas de madeira do chão e bem no alto dos armários. Dentro do congelador, deixa que embranqueçam com o gelo. E todo dia ao longo da vida a gente diz para os filhos: *Não me deixem morrer sem contar que na casa inteira há algo para vocês. Algo de que vocês vão precisar.*

Desde o dia em que aprendi a chamá-la de mãe ela dizia: *Sabe, cuida do que é seu.* Mesmo depois desses anos todos nas costas, me lembro de quando era criança e perguntava sobre meus dentes. Toda vez que um caía, eu dizia: *Mãe, é meu. Tenho que cuidar dele.* Hoje isso me faz sorrir. Minha mãe — abençoado seja seu coração — dizia: *Não se preocupe. Guardei seus dentes. Vou cuidar deles pra você.* Em algum lugar do mundo, eu acredito, tem um pote com todos os meus dentes de bebê.

Guardo o casaco da minha mãe, da faculdade Spelman. Eu o vesti no meu primeiro dia de aula lá e ainda o tenho. Guardei o estetoscópio do meu pai até que o tirei da capa de couro num dia de inverno e a borracha tinha derretido e se transformado em pedaços grudentos, e o disco de prata estava corroído de ferrugem. Parece que o que sobrou deles é só a memória de fogo e fumaça. Isso e o ouro que eles continuaram a guardar para mim. Aquele ouro, como todos — meus avós, mamãe, papai e mesmo o irmão do meu avô e sua mulher — como todos se agarraram à crença de que não poderia ser destruído. Que se tiver ouro, você está preparado para o resto da vida, contanto que o mantenha escondido.

No país inteiro, falam em uma tal colher de prata,* mas verdade seja dita, a colher é o ouro. Maciço. Empilhado até o alto. É assim que tem que fazer se você for de cor,** preto, negro, mestiço... Tanto faz como você, que não é branco, se chama.

Senhor.

Mas quando sua filha que nem sequer terminou de crescer aparece com uma barriga, de repente todas as barras de ouro não significam porcaria nenhuma porque você não ensinou a própria filha a permanecer pura. A se cuidar. A se transformar direito em mulher. Você chora noite adentro até ficar com a garganta em carne viva e não restar mais nem um suspiro. Nem uma gota de água no corpo para espremer. Nem qualquer outra possibilidade de amaldiçoar a Deus e a você mesma. Então, mesmo que se sinta incapaz de levantar da cama, você

---

* Em inglês, a menção à "colher de prata" (*silver spoon*) corresponde à expressão brasileira "nascer em berço de ouro". [N. T.] ** O termo em inglês é "colored", que as lideranças negras norte-americanas passaram a denunciar, a partir dos anos 1960, por seu sentido pejorativo e racista e uso associado às leis Jim Crow, embora ainda seja utilizado por algumas organizações que lutam contra a discriminação racial, como a National Association for the Advancement of Colored People (NAACP). Seu uso é similar ao "de cor" no Brasil, hoje considerado um eufemismo de caráter racista. [N. E.]

levanta. Toma a decisão de que já suportou além da conta os olhares e os sussurros dos vizinhos e levanta. Mantém os olhos no pastor enquanto os fiéis da igreja te dão as costas no domingo, e levanta. Levanta vestida com o casaco de cashmere Lord & Taylor e se recusa a aliar-se à vergonha. E quando o pastor chama sua única filha na sala de audiência, coloca a mão bem no alto em sua coxa e diz que há um lugar no inferno esperando por ela, você volta só mais uma vez — para mandá--lo para o inferno. Para mandar todos para o inferno. E levanta.

E continua levantando. Troca um pouco do ouro por dinheiro. Compra uma casa longe de tudo que, no Brooklyn, era familiar para você, sua filha, seu marido. Faz as malas e levanta. Canta as músicas que lembra da infância. *Mama may have. Papa may have*, de Billie Holiday... Lembra-se dos seus pais vivos, guarda as fotos antigas do Salão Paraíso da Lucille e do Restaurante do Papa Joe que foram salvas das chamas... e levanta. Levanta. Levanta.

—

Todo dia, desde que ela era um bebê, contei essa história para Iris. Como estavam mal-intencionados. Como a única coisa que queriam era que deixássemos de existir. Que nosso dinheiro acabasse. Que nossas lojas e escolas e bibliotecas — tudo — simplesmente acabassem. E ainda que tenha acontecido vinte anos antes de eu sequer existir em pensamento, tenho isso entranhado em mim. Carrego o sentimento de aniquilação. Iris carrega o sentimento de aniquilação. E vendo-a descer as escadas, sei agora que minha neta carrega também o sentimento de aniquilação.

Mas as duas precisam saber que tem tantas outras coisas importantes no sentimento de aniquilação. Cuidar. Guardar.

***

Sobreviver.

Então, depois que as lágrimas estavam todas derramadas, era hora de ir em frente e dar um jeito em tudo que estava acontecendo comigo. Eu poderia cumprir a ameaça — expulsar Iris de casa e fingir que ela nunca tinha nascido. Mas aos olhos de Deus, em quem eu me transformaria? E aos olhos da minha própria abençoada alma? Em alguém pior do que cada um daqueles homens brancos que incendiaram uma vida de trabalho dos meus avós. E ainda pior que os brancos que riram da fumaça e louvaram as chamas.

Então eu levantei.

Agora minha neta está descendo escadas que são nossas. Usando o vestido que eu paguei há dezesseis anos. Eu e Po'Boy compramos nossa vida de volta. Economizamos e guardamos e gastamos para conseguir o que tinha que ter sido nosso de uma vez e sempre. Tudo pelo que minha avó tinha pagado. O salão *Paraíso da Lucille*. Soa como um lugar de onde você sai se sentindo como o sonho que alguém sonhou para você. O *restaurante do Papa Joe*. Fico imaginando pratos cheios de costelas e saladas. Pãezinhos de leitelho, receita própria, provavelmente. Torta quente de pêssego feita na frigideira de ferro.

Escuta. Ergue a tábua de madeira do degrau em que ela acaba de pisar. É onde estão as barras de ouro. Criancinha ela já dizia: *Quando eu pulo nesse degrau, o som é diferente dos outros degraus, vovó.* Aos quatro anos ela já reconhecia os tons altos e baixos tão bem que resolvi continuar com ela as aulas de piano que Iris tinha abandonado tantos anos antes. *Escuta*, minha neta falava para o professor pulando do banquinho do piano e correndo pelas escadas, as tranças balançando nas costas e nos ombros. *Escuta como esse passo faz um barulho diferente dos outros.*

Uma noite eu estava deitada ao lado dela para ler uma história de boa-noite, ela olhou para mim com os olhos bem abertos e sussurrou, *O som é porque os outros degraus são ocos, vovó! Mas naquele tem alguma coisa dentro.* Então ela levantou, colocou a boca perto do meu ouvido e sussurrou. *Alguma coisa escondida.* Talvez tivesse cinco anos naquela época. Era verão e Iris tinha decidido ficar em Ohio e trabalhar, então ainda éramos nós quatro sozinhos na casa. Na maior parte do tempo, éramos só eu e Melody, Aubrey e Po'Boy trabalhavam. E, Senhor, como ela e eu andávamos. Andávamos e andávamos e andávamos, só nós duas. Todo dia achávamos algo novo para curtir no Brooklyn. Passei a maior parte da minha vida aqui, mas foi quando Melody nasceu que comecei a enxergar as coisas através dos olhos espertos dela. Passarinhos e flores e carros coloridos. Menininhas com laços de fita lilases e mulheres velhas com tornozelos inchados. Ela não deixava passar nada e me mostrava cada mínimo detalhe. *Olha isso, vovó.* E isso e isso e isso.

—

Um dia, quando estávamos sentadas no jardim botânico comendo um sanduíche que tinha trazido de casa para nós, a criança se virou para mim e disse: *Bem, você é minha avó e Iris é minha mãe, mas você é como minha mãe e ela é como...* Então ela parou e seu rostinho ficou todo franzido como se tentasse entender. *Não sei como ela é, vovó. Ela é como alguém que nunca está aqui com a gente.*

Então, do nada, perguntou: *Onde ela está, tem tudo que precisa?*

Quem, querida?

Iris!

Deus nos criou com defeitos e tudo o mais, e me lembro desse lindo dia no jardim e de minha neta retinta como o pai, o cabelo volumoso e comprido como o da bisavó e seus lindos olhinhos curiosos. Já fazia tempo que ela chamava sua mãe de Iris. Sempre que eu a ouvia falar desse jeito, eu parava e pensava que deveria dizer: *Ela é sua mamãe. Não a chame assim, pelo primeiro nome.* Mas nunca disse.

Nunca disse porque ela era uma criança que já sabia o que significava *Mamãe.* Onde as mamães deveriam estar e de que jeito deveriam ser.

Iris tem tudo, Melody. Todos nós temos tudo.

A escada, ela disse naquela noite enquanto eu abria o livro de histórias que ela havia escolhido para eu ler. *Tem alguma coisa debaixo dela, vovó.*

Naquele dia, não contei que o que tinha lá era ouro. Barras e barras de ouro. O dinheiro que iria sobreviver às chamas e à água. E ao tempo.

Alguns daqueles homens brancos eram meio amigos. Mesmo segregada como Tulsa era, encontravam meios de levar a vida uns com os outros. Até que passou dos limites e os negros passaram a ter mais do que os brancos achavam que era certo.

Agora, enquanto ela desce as escadas, vejo a beleza e o charme da criança que tentei arrancar de Iris e tenho que engolir de novo um tipo totalmente diferente de lágrima. Po'Boy coloca o braço no meu ombro e seguro sua mão. Sinto a artrite curvar os ossos nos seus dedos. Sinto a magreza do seu corpo, o câncer devorando-o de dentro para fora, e sei que ficarei velha sem ele. Nenhum dos sucos verdes ou a dieta de alimentos crus ou os médicos holísticos da avenida Flatbush estão ajudando. Po'Boy está jogando dinheiro fora. As calças estão sempre largas mesmo que o alfaiate em Fulton ajuste o tempo todo. Ele está sentado com o terno de algodão escuro, uma linda camisa azul por baixo, tudo largo como se estivesse preenchido de ar. Aperto a mão dele de novo e ele a solta para olhar para mim com aquele sorriso que diz: *Nem começa a pensar o que você está pensando*. Um sorriso que passou para Iris e que ela passou para Melody. Senhor, vou amar esse sorriso até morrer.

Quer dançar? Ele pergunta para mim e eu aceito. Porque sei que não vou ter muitas outras oportunidades de dançar com ele. Sei que as oportunidades de dançar que Deus nos deu foram quase todas usadas.

Então eu e Po'Boy levantamos.

8

Acho que abri espaço no meu coração para Sabe e para Iris e para minha netinha, Melody. Até abri espaço no meu coração para Aubrey — mais espaço depois do que aconteceu com ele e com Iris. Talvez ainda mais espaço do que achei que teria para ele, mas olha só. Ele é filho de Deus também. E fomos feitos à semelhança de Deus, mas imperfeitos. Se dou um passo para trás. Se olho para Iris e Aubrey com a distância do bom senso, eram apenas adolescentes normais com os hormônios circulando a mil dentro de si de tal modo que nem *eles* entendiam. Instinto animal. Desejo. Necessidade. Nessa minha idade, é fácil esquecer como eu era íntimo do meu próprio Júnior quando era jovem. Cada oportunidade que tinha, fechava a porta do quarto e falava para minha mãe que estava estudando ou lendo ou precisando ficar quieto.

Quando fui para Morehouse* em 1962, tinha dezenove anos e era um velocista que nunca tinha ficado com uma mulher solteira. Não que não quisesse. Sabia que existiam garotas que deixariam fazer coisas com elas, mas eu não conhecia nenhuma. Meus amigos se embebedavam um pouco e falavam, falavam, falavam sobre essas meninas, mas eu não sabia o quanto era verdade e o quanto era simples ficção. Fiz

---

* Morehouse College fica em Atlanta, na Geórgia. Fundada em 1867, dois anos após o fim da Guerra Civil, é uma faculdade privada, tradicionalmente frequentada por homens negros. [N. T.]

71

minhas coisas, corri minhas milhas, ganhei algumas medalhas e me formei como contador. Não tinha nenhum sonho olímpico ou algo do gênero. Corria por correr. Corria para me sentir respirando e o vento nas orelhas. Não tem nada igual à corrida de quatrocentos metros. É só músculo e respiração e força. Então acaba e é passado — mais uma para contabilizar entre as suas corridas. Mais uma medalha às vezes. Mais um ou dois segundos cortados do tempo recorde. Mais um ano pago de faculdade. Depois de me formar, guardei os tênis de corrida dentro de uma fronha velha. Soube em Morehouse de uma empresa só de negros que estava contratando, então fui de ônibus até lá, consegui o emprego e, no primeiro dia, a mulher mais linda que tinha visto na vida passou pela porta perguntando sobre um primo que deveria encontrar.

Droga — eu queria pular da minha cadeira e dizer: *Por favor, garota, me deixa ser seu primo de mentira.*

Te digo que, se eu não tivesse pensado em encontrar aquele primo e me tornado o melhor amigo dele no mundo, meu nome não seria Sammy Po'Boy Simmons.

Sabe não estava me examinando. Ou disfarçou bem e convenceu que não estava. Ela tinha ainda mais um ano em Spelman* e precisava refazer algumas disciplinas naquele verão. Quase mudei de volta para o campus de Morehouse e passei a maioria das tardes andando por onde achei que ela estaria.

---

* Spelman College fica em Atlanta, na Geórgia. Fundada em 1881, é uma faculdade privada, tradicionalmente frequentada por mulheres negras. [N.T.]

Tinha a guerra acontecendo e eu via muitos dos meus amigos serem recrutados, e agradecia a Deus todo dia pelas pernas que me permitiam correr, e pelo jeito como meu olho direito olhava para o mundo sem vê-lo, uma catarata de nascença que passou despercebida por muito tempo. Agradeci a Deus pela dispensa militar e por Sabe ter entrado naquele escritório.

É muita loucura dizer que olhei para ela e vi o mundo se organizar de um jeito que nem eu sabia que era possível? Sabe tinha uma luminosidade no olhar — uma faísca de algo firme e profundo. Depois de todos esses anos, ainda não sei como falar sobre o que vi. Mas ia dos olhos em direção às bochechas e lábios. Mesmo pelas costas, dava para ver. Eu queria aquilo comigo, aquela coisa que ela tinha e que ainda não consigo explicar. Eu queria que aquilo — e Sabe — ficasse para sempre comigo.

—

É verdade que não existia ninguém mais solitário do que eu naqueles anos. Tinha deixado minha mãe no Brooklyn para ir a uma escola que nunca tinha visto, em uma cidade onde nunca tinha estado. Foi minha tia Ella na Carolina do Norte que escreveu uma carta para o presidente — Benjamin Mays — perguntando se ele me aceitaria em Morehouse. O sr. May escreveu de volta e, em seguida, eu estava abraçando minha mãe, dizendo adeus e embarcando no ônibus. Nunca tinha pensado muito em faculdade até tia Ella enviar aquela carta. Algumas manhãs eu precisava só fechar os olhos e agradecer a Deus pelo modo como ele se movimenta em seus caminhos misteriosos, porque agora aqui estamos todos.

Achei que, depois da faculdade, eu encontraria um trabalho na minha cidade, mas daí aquele trabalho apareceu. Liguei para minha mãe tanto quanto pude, era muito caro. Alguns dias sentava à escrivaninha e comia um sanduíche de presunto, olhando para páginas e páginas cheias de números. Ou saía do trabalho, punha os tênis de corrida e ia para a pista da Morehouse e corria quatrocentos metros, e mais quatrocentos metros até não ter mais fôlego, aí ficava parado, mãos no joelho, a respiração difícil, estômago e garganta queimando, a ardência tomando o lugar da saudade.

Olho para o passado, para mais de trinta anos atrás, e quando ergo a cabeça Sabe está parada na minha frente segurando um livro de escola contra o peito e sorri. Ela está de saia azul-clara e blusa branca. Seu lindo cabelo preto está preso.

Então ouço a voz dela de novo. Macia. Um leve sotaque do Sul. Um pouco metálica também.

De quem você está fugindo, sr. Jesse Owens?

Como você sabe se eu não estou correndo ao encontro de alguma coisa? Ou de alguém?

Tem gente que não acredita que é possível encontrar alguém e saber que é a pessoa para você pelo resto da vida. Não vou discutir. Sei o que sei. Fiquei parado lá rindo ao som da voz dela e da minha respondendo. Casamos em seguida, em julho de 1967. Na casa em que ela foi criada, em Chicago. No dia mais perfeito que Deus concedeu ao mundo.

Se tivesse sido do jeito que Sabe queria, teríamos ficado em Chicago com a família dela. Do jeito que aconteceu, ficamos por um ano até nosso primeiro filho nascer. Benjamin. Demos esse nome em homenagem ao pai de Sabe, que tinha morrido pouco antes de ficarmos noivos. Não conversamos muito sobre nada dessa época. O coração de Benjamim não fazia o que deveria fazer e o batizamos a tempo de enterrá-lo. Não tinha bebê mais lindo. Durante as poucas semanas em que ficou com a gente, ele abria os olhos e olhava bem para você — como se fosse uma velha alma. Como se fosse alguém do passado tentando dizer alguma coisa.

Depois que Benjamin morreu, Sabe estava pronta para mudar e viemos para Nova York morar com minha mãe na casa dela, que ela comprou com dinheiro economizado, guardado e emprestado. Consegui um trabalho no centro e pude ajudar. Sabe começou a dar aulas para o segundo ano em uma escola católica na cidade, e a gente se encontrava para almoçar juntos no Washington Square Park olhando os hippies e os comediantes e as pessoas que andavam de bicicleta. Às vezes, no final do dia, a gente ia para o Prospect Park com minha mãe, estendíamos uma toalha no chão e jantávamos ali. Sabe e minha mãe tomavam chá e eu tomava uma cerveja Miller. Quando me lembro dessa época, o sol está sempre brilhando e o dia está quente. Mas deve ter chovido. Deve ter esfriado. E a gente deve ter ficado triste por muito tempo por causa de Benjamin. A gente deve ter chorado por muitas noites no ombro um do outro.

Continuamos rezando e tentando ter um bebê, mas não parecia que ia acontecer de novo. Eu percebia a dor de Sabe, como os ombros ficavam caídos alguns dias e ela, calada.

Acredito piamente nessa história de que o que Deus dá, Deus tira. No dia que descobrimos que o fígado da minha mãe não funcionava mais, que não tinha nada que os médicos pudessem fazer, Sabe se deu conta de que não menstruava havia dois meses. Passamos o mesmo tempo depois chorando e rindo. Chorando e rindo. Minha mãe morreu em casa comigo, Sabe e Iris ainda bebê ao lado da cama dela.

Quero ver minha neta mais uma vez, ela disse. Depois, fechou os olhos.

9

Na noite em que Iris caiu no sono no dormitório e sonhou com a mãe de Aubrey queimando, ela gritou no meio da noite. Àquela altura, CathyMarie tinha morrido havia três anos, por isso Iris não entendeu por que as duas coisas — o fogo e Cathy-Marie — de repente a assombravam.

A cama de solteiro era dura e estranha mesmo depois de todos aqueles meses. Iris tinha lençóis duplos de flanela, mas ainda sentia o plástico do colchão. Por quê? Será que ainda havia gente na faculdade que fazia xixi na cama? E alguém com mais de dez anos ainda cabia em uma cama de solteiro? Ela sempre tinha dormido em cama de casal. Não tivera uma única vez em que não tenha ficado espalhada diagonalmente na cama, o travesseiro sobre a cabeça para evitar a luz. Mesmo depois que Aubrey foi morar com ela. Sua mãe insistiu que ele dormisse no quarto de hóspedes no corredor em frente ao quarto deles até que o bebê nascesse (o que não fazia sentido algum para qualquer pessoa, e a mãe sabia disso), mas no meio da noite ele ia ao quarto dela na ponta dos pés e eles encontravam maneiras de transar em silêncio mesmo com ela grávida de oito, nove meses, a cama era grande o suficiente para os dois, com barriga e tudo, a dor de Aubrey misturada à paixão imprimia um desespero novo no jeito de abraçá-la. De madrugada, ele já estava dormindo profundamente no quarto de hóspedes e ela voltava para a sua posição — ocupando a cama inteira, de ponta a ponta.

Era primavera, primeiro ano. O resto de neve tinha finalmente derretido e aquela luminosidade de Ohio a fez desejar nunca mais sair de lá. Parada em frente à janela olhando para fora, sentiu-se ainda mais distante do Brooklyn e de tudo que conhecia. Esperava que esse sentimento provocasse uma pontada em seu peito, um pesar. Mas não provocava. Era a liberdade. O desapego. Ela sabia, mesmo tão cedo, que nunca seria feliz em casa. Tinha superado o Brooklyn, Aubrey e mesmo Melody. Era cruel? Ser a mãe da criança e ter a intuição de que mesmo aos dezenove anos já tinha feito tudo por ela? Tinha lhe dado a vida. Amamentado a filha durante os últimos dois anos do colegial — correndo de volta para casa para enfiar alguma coisa na boca e os peitos na boca do bebê. Uma encarando a outra com o olhar em êxtase como se dissessem, *Como é que você veio parar aqui?* e *Você vai ficar?* Seu corpo desenvolvendo outro — como se fosse um terceiro braço ou um segundo coração que não batia exatamente no mesmo ritmo. Não — era mais como se batesse contra o dela. Como se batesse no dela no ritmo *Estou aqui. Estou aqui. Estou aqui.*

Alguns de seus colegas de dormitório estavam na quadra. A menina africana com aquela pele preta linda e o cabelo ainda mais preto todo torcido caindo sobre os ombros.

Não precisa ser perita pra fazer esse penteado, a garota tinha dito para ela no primeiro dia de aula, prendendo o cabelo volumoso para trás num enorme coque afro. Iris não entendeu o que ela quis dizer e a garota olhou para ela do jeito que as garotas da escola católica olhavam, com olhar de sabedoria. Será que ela percebia que Iris era mãe? Que no Brooklyn ela levava uma vida de adulta e que Oberlin era apenas um período de quatro anos que estava passando muito rápido? Então a menina a olhou de novo, medindo-a de alto a baixo e, pela primeira vez,

Iris percebeu a tal da perícia em ação com ela — sua pele não muito clara, seus olhos marrom-claros. Até seu cabelo, que ficava escorrido, quase liso em alguns pontos, enrolado e frisado em outros quando estava molhado, e não com cachos firmes e definidos do jeito que o cabelo de Melody e de Aubrey ficava.

Sua família é de onde?, a menina perguntou. Ela usava uma camiseta preta com os dizeres ZÂMBIA, CARALHO! em vermelho vivo — como resposta à sua própria pergunta, para o caso de alguém perguntar.

Brooklyn, Iris disse. *Antes disso, Chicago. E alguns antepassados de Tulsa.* Até aquele momento, ela nunca tinha falado de Tulsa. Era uma história latente, a história antiquada da mãe, ressuscitada várias e várias vezes junto com um papo enlouquecedor sobre dinheiro escondido. E nas raras ocasiões em que ela havia bebido um ou dois copos de vinho, seu antigo desespero sentimental sobre — será que aconteceu mesmo? — o massacre. Quantas vezes, quando Iris era criança, a mãe trouxe o assunto do massacre à tona? Não dava nem para contar. Daí, com doze anos, ela gritou para a mãe, *Essa é sua história, não minha!* A mãe ficou quieta, perplexa primeiro, então ficou confusa e, para surpresa de Iris, chorou. *Você está certa, Iris*, ela disse. *Não é sua.*

Mas aqui, de certa forma, Tulsa parecia acrescentar profundidade à sua história. Era uma parte estranha ao conjunto se comparada ao cosmopolitismo de sua história nova-iorquina.

Quando eu era criança, a garota disse, *adorava aquela peça sobre Oklahoma.** *Aquela música que dizia* "Hush you kids my

---

* Trata-se da peça musical *Oklahoma!*, de 1943, escrita pelo compositor Richard Rodgers e pelo letrista/libretista Oscar Hammerstein II. [N.T.]

baby's a-sleeping...", a menina cantou, quase sem ritmo, mas com um som nasal que devia fazer parte da peça. Iris nunca tinha visto a peça. Nunca tinha viajado para Tulsa, mas sabia no fundo que Tulsa era apartada de Oklahoma — seu lugar-fantasma. Tinha algo a ver com as histórias que a mãe tentava contar para ela na infância. Algo a ver com os negros e com perdas. Fogo. Destruição do futuro dos negros. As palavras surgiam rapidamente na cabeça, como um jingle ruim. Lembranças vagas de conversas com a mãe. Qualquer coisa sobre a riqueza dos negros. A cicatriz na cabeça da vovó Melody. Ou era no queixo? No ombro?

Enquanto observava a menina dançar no gramado com os outros, Iris se lembrou outra vez de ter rido com a música, e a garota, achando que Iris estava rindo dela, virou as costas e foi embora. Ela se pegou rindo de novo do som nasal — *My baby's a-sleeping*. Talvez seja no ensino médio que se aprende a fazer amizade com outras meninas. Mas nessa altura ela estava grávida e era perigosa. As meninas católicas tinham falado um monte. *Minha mãe disse que sua barriga é contagiosa. Pop. Pop. Pop. Um dois três. Primeiro você depois sou eu.* Elas estavam fascinadas por ela. Mas à distância, virando a cabeça rápido para a frente na sala de aula quando ela queria flagrá-las olhando, se juntando no banheiro e no corredor para cochichar sobre como e quando teria acontecido a gravidez. *Ouvi dizer que foram dois meninos de uma vez. E que agora ela tem dois bebês na barriga.*

Não. Nada disso. Ouvi dizer que foi o próprio pai.

Mentira!

Não, senhora. É verdade.

Ouvi dizer que tem outro na casa dela. Que ela teve quando tinha só onze anos!

Impossível. Não dá para ser com onze. Não com todo mundo.

E ela é todo mundo? Se ela tem um na barriga, pode ter tido outro, estou te dizendo. Você nem sabe como ela conseguiu ter esse, sabe? Você não sabe de nada.

E alguma delas sabia alguma coisa? Ela queria ter pulado no meio daquele círculo, com barriga e tudo, e contar detalhes. Como foi bom. Que cheiro tinha. Qual era o gosto do suor do pescoço do Aubrey, os gritos de prazer presos na garganta que ela teve que engolir. Quis que ficassem chocadas com o que ela sabia. Falar: *Corre e conta tudo pra sua mãe!*

Mas, antes, as freiras chamaram seus pais na escola.

Não é seguro para alguém na condição… dela, disseram para eles. Iris se sentiu pequena no meio deles. Percebeu a mãe se encolher e ficar ainda menor ao seu lado.

Você pode combinar com alguém do conselho escolar para trabalhar com ela em casa. Ela vai ter que repetir esse ano.

Ela não vai repetir de ano. Foi sua mãe quem finalmente falou. *Ela é muito inteligente para repetir de ano.* E quando a freira deu uma olhada para a barriga de Iris, a mãe pegou a mão da filha, levantou e puxou-a.

E mesmo envergonhada, Iris apertou a mão da mãe, amando-a mais do que qualquer pessoa no mundo por tirá-la da frente do olhar da freira, por libertá-la.

***

Não havia conselho escolar. Em vez disso, sua mãe a encheu de livros didáticos e mandou que estudasse. Mas assim que os pais saíam para trabalhar, Iris ligava a televisão, se servia do segundo, terceiro, quarto prato de cereal e assistia a séries e programas sobre jogos.

Tinha todo tipo de panfleto na caixa de correio. Programas de GED,* escolas alternativas para adolescentes grávidas, programas técnicos que prometiam empregos executivos depois de completos "Sem pagamento adiantado" e "Você está habilitado para empréstimos escolares". Em cada carta endereçada a ela, havia uma enxurrada de tristeza, fracasso e paralisação. No quinto mês, sentindo-se gorda e feia, ela deixou Aubrey arrastá-la de volta para a mãe dele.

Ela sabe, ele disse várias e várias vezes. *Tudo bem.*

Estou vendo que você e Aubrey assinaram aquele cheque que seu corpo vai descontar agora, ela disse apontando o queixo para a barriga de Iris. O apartamento ainda estava escuro, porém mais arejado e limpo. A TV estava desligada e a mãe de Aubrey estava vestida, o cabelo preso com uma trança no alto da cabeça, óculos pequenos de gatinho pendurados no pescoço.

Ele me disse que você foi expulsa da escola.

Iris assentiu com a cabeça. A voz da mãe dele estava rouca, anos de fumante e talvez outras coisas também. Mas ela havia

---

* General Equivalency Diploma, alternativa ao diploma regular obtido após cursar o ensino médio, o GED é concedido após uma série de exames que comprovam os conhecimentos necessários para a conclusão do ensino médio e entrada na faculdade. [N. T.]

parado, Aubrey disse. E talvez fossem esses cheiros que não estavam mais lá — cigarro, cinzas, isqueiros de fluido. A gravidez a tinha deixado sensível a cheiros. Mesmo o cheiro de algo doce cozinhando podia fazê-la vomitar.

E seus pais trabalhando o dia todo e você sentada em casa vendo TV *enquanto Aubrey está na escola.* Iris enxergava agora uma beleza antiga na mãe de Aubrey. Algo ao redor dos olhos. O jeito como a linha do cabelo emoldurava seu rosto largo. O sorriso suave — não exatamente um sorriso malicioso, mais gentil que isso — que apareceu quando falou com ela. *Aposto que vocês dois ficam vadiando por lá quando ele não vai para a escola.*

Iris não falou nada, mas também não baixou os olhos. Era verdade. A casa era grande e, agora, cheia de caixas de mudança e de móveis cobertos. Na maioria das vezes, ela ficava sozinha. Sua mãe tinha arranjado outro emprego para dar conta do bebê e das despesas que começariam a ter logo com a casa que compraram. *Vou tirar a gente desse lugar e dessas pessoas. Antes que você pisque, nós já estaremos longe.*

Agora era a mãe de Aubrey que estava oferecendo algo — aulas particulares. E companhia.

Queria ser chamada de CathyMarie e disse para Iris encontrá-la três vezes por semana, das onze às quinze, na biblioteca da esquina de Woodbine com Irving, mas que ela precisava se alimentar antes e levar um lanche para comer durante o período. Tinha matemática e ciência para pôr em dia. Espanhol e inglês — livros para ler, vocabulário para aprender, referências para citar, assuntos para analisar, redações para escrever.

Ela falou devagar e com cuidado — como se achasse que Iris não fosse inteligente o suficiente para absorver, se falasse rápido, o que ela estava dizendo. Nos meses seguintes, Iris perceberia que ela falava assim com todo mundo, mas, naquele dia, ela se segurou para não pedir a CathyMary que acelerasse o ritmo da conversa. Não pediu. Aubrey ficou parado sorrindo para a mãe como se ela fosse sua única luz.

Não sei por que você está fazendo isso, Iris disse. *Você não é professora.*

Mas ela é inteligente, Aubrey disse. *Minha mãe me ensinou a ler quando eu tinha três anos, lembra?*

Sim, você me contou um milhão de vezes.

Todas as tabuadas até os sete anos, Aubrey disse, como se essas palavras nunca tivessem saído da sua boca também.

Você é que está grávida, CathyMarie disse — de novo do seu jeito lento e cuidadoso demais. *Mas você está grávida de um filho de Aubrey. Meu neto. Não vai mais se tratar só de você daqui a pouco. E a última coisa que eu quero é que a mãe do meu neto seja uma desistente do ensino médio.*

É meu bebê, Iris disse. *Eu é que estou tendo todo o trabalho. Eu é que estou engordando e vomitando e sem dormir por causa disso.*

É seu agora, a mãe de Aubrey disse. *Mas não vai ser para sempre.*

Ela sorriu. Era o mesmo sorriso de Aubrey, aberto e com um certo tom de súplica, dentes brancos alinhados e os mesmos lábios volumosos. *Não vou deixar você ficar parada. Se eu pudesse, largava meu emprego de meio período para estudar com você cinco dias por semana — para você ver como é importante para mim. Mas já estamos quebrando esse sistema maldito com cupons de alimentação e seguro-saúde. Não quero nada mais dessa ajuda de merda que é como eles mesmos chamam o que nos dão. Se eu deixar de trabalhar, vou ter que pedir mais para o governo. Nem fodendo.*

Iris quase gargalhou. De boca fechada e cabelo preso, a mãe de Aubrey era uma senhora branca. Mas quando começava a falar, era mais preta que Aubrey.

Foda-se esse trabalho social e esse governo maldito. CathyMarie disse mais para ela mesma do que para Iris. *Não vou deixar você e Aubrey entrarem nesse jogo.* Então, ela fechou os olhos por um momento, encostando os dedos pálidos neles. *Mas merda, estou cansada pra caramba, Iris. Cansada pra caramba.*

Anos mais tarde, quando estava quase com cinquenta anos, sentada sozinha no apartamento esperando o telefone tocar — esperando Melody ligar para chamar para almoçar ou para caminhar no Central Park, Iris se lembraria desse dia e entenderia que CathyMarie estava também solitária e já à beira da morte.

Que talvez já soubesse que era o que poderia oferecer — passar algum tempo com Iris e com o bebê ainda na barriga antes de partir. Deixar alguma parte dela ao ensinar Iris.

No dia seguinte, começaram com inglês, Iris sentada à frente de CathyMarie na mesa pesada de carvalho da quase silente biblioteca. Quando CathyMary tirou os olhos do livro didático e lentamente explicou as orações adverbiais, Iris se deu conta de que a mãe de Aubrey tinha sido jovem e que provavelmente ficava pelada na cama mordendo a orelha de seu homem. E meses depois, quando ela segurou a mão de Iris para mostrar como usar os dedos para ajudar na tabuada do nove — *Você deveria ter aprendido isso no jardim de infância. Pra entender de álgebra, você tem que saber isso assim como você sabe o seu maldito nome* —, Iris sentiu um repentino e esmagador medo de falhar. Naquela época, algo no seu cérebro mudou, algo destravou, como se estivesse acordando. CathyMarie apertando o dedo do meio na palma da mão dela e insistindo que ciência, matemática e leitura eram tão importantes quanto o próprio nome, e que isso era a chave para a próxima coisa e para a próxima e para a próxima. Seus pais nunca passaram sermão desse jeito — era assumido. *Você vai para a escola. Você vai para a faculdade. Você vai aprender. Você vai ter um trabalho.* As freiras sempre terminavam com as promessas de Deus pelas quais ela tinha morrido. Mas ela não estava morta. E não planejava morrer tão cedo. Tais números e palavras e fatos tinham a ver com algo maior. Com algo além do nascimento do bebê. Tinham a ver com viver. Tudo fez sentido para Iris. E ela se viu indo embora. E ela se viu longe.

Entendi, ela disse. *Agora eu entendi.*

Sentadas nos degraus da biblioteca, elas comeram sanduíche de mortadela com queijo, batata frita sabor churrasco e bolacha Oreo com coca-cola. Anos depois, Iris não se lembraria do que conversaram enquanto comiam, mas se lembraria da risada de CathyMarie, da forma e do calor das suas mãos calosas. E depois que Melody nasceu, quando ela voltou para a escola (então para a escola pública do bairro, com alunos barulhentos e professores estressados), tirava A facilmente e se lembrava de CathyMarie dizendo que ela era inteligente, que seu cérebro ainda não estava destruído pelo tempo e por gente insinuando a falta de possibilidades. *Faça alguma coisa*, Cathy-Marie tinha dito. *Você não tem nenhuma desculpa para não fazer. Não tem nada que te assombra.*

Iris queria ter perguntado naquele momento, *O que te assombra?* Quando deixou de ser tão autocentrada e estava madura o suficiente para saber que era isso que queria saber, Cathy-Marie tinha morrido há anos.

Naquele ano, quando a Páscoa chegou, CathyMarie estava em uma clínica médica. Câncer no fígado, no pulmão e na medula a deixaram só pele e osso. Nessa altura, era tarde demais para se apegar. Até Iris, quase com oito meses de gravidez, passou a amar o jeito como CathyMarie ria, jogando a cabeça para trás como Aubrey, e de como ela falava do poder da água. *Sempre me chamou de volta para casa, sabe. Sempre me seduziu. Ainda seduz. Às vezes, pego o trem para Brighton Beach só para andar por lá. Só para ficar perto da água. Para ouvir o barulho da água. Sentir o cheiro e tentar não me sentir tão presa à terra.* Quando ela dizia *unilateral* e *equação de segundo grau* e *coeficiente* devagar e com tanto cuidado, Iris pensava: *Essa mulher age como se a gente tivesse todo o tempo do mundo para aprender álgebra.* Todo o tempo do mundo. Como eles não sabiam nada naquela época.

Treze meses depois, Melody deu os primeiros passos na areia em Coney Island, gargalhando, os pezinhos dobrando sobre os tornozelos, os dedinhos escuros afundando. Aubrey sorria para ela, que caminhava em sua direção e caía em seus braços abertos. O vento bagunçava o cabelo dela e isso a fazia rir ainda mais. Estava nublado e frio para a primavera, a praia quase vazia. Os pais de Iris estavam parados, apoiados um no outro. Ao lado deles, Iris carregava as cinzas de CathyMarie, cuidava da urna.

87

Não é cedo demais para ela andar?

Não. Porque ela é muito esperta, Aubrey disse. *Fizemos uma filha e agora ela está aqui andando.*

Iris o viu olhar para a urna de relance e apertar o rosto contra o quase inexistente pescoço de Melody. Ela o observou e ficou imaginando se o pescoço da filha seria comprido e magro como o de CathyMarie. Aubrey parecia velho agora. Tão mais velho que dezessete anos. *Como isso foi acontecer*, ele soluçou naquela manhã num ataque de choro. *Mal conheço sua família e agora é tudo o que tenho.*

Ele se inclinou e beijou Iris gentilmente no rosto, deixando suas lágrimas ali.

E, agora, Melody fugia de Aubrey e ria com aqueles poucos dentes na boca — dentinhos perfeitamente brancos.

Pega um desses cupons de alimentação e me traz uma...

Iris piscou e olhou para a água.

Vamos, ela disse.

Aubrey olhou para ela. E assentiu.

Aubrey carregou Melody no colo até os avós. Então, juntos, os dois andaram em direção à água. Quando Iris pôs a mão dentro da urna, as cinzas de CathyMarie estavam supreendentemente quentes. O vento aumentou quando eles as jogaram — levando delicadamente o pó branco dela para o oceano.

10

Eu também canto a América naquela manhã de setembro.*

Sentada à Mesa dos Negros do Café da Manhã que vira Mesa dos Negros do Almoço ao meio-dia. Sentada entre Malcolm e Leonard. De frente para Clariss e Tenessa. Antes de May e Nettie, cujo nome de verdade é Wynett — como é que deram um nome tão merda pra uma irmã. Wynett. Em homenagem a uma cantora country cafona pra porra e não que eu esteja querendo insultar Wynett ou os pais dela, que não conheço, mas bem que queria conhecer porque queria saber o que é que pensa alguém que põe o nome Wynett em uma irmã chocolate. E ela é minha melhor amiga, então não quero ser desrespeitosa de jeito nenhum, a gente ri disso. E ri alto. De qualquer coisa. E a gente não dá a mínima que os brancos fiquem olhando para nós como se a gente nem sequer pertencesse à escola, ao refeitório deles, enfiando o pegador de comida no bufê de salada deles. Nem fodendo. Eles nem sequer sabem que estão na presença de gente nobre quando perguntam: *Por que vocês todos sentam juntos?*, sem se dar conta das próprias mesas só de brancos. Então a gente ri alto, somos os primeiros da fila nas Sextas do Frango Empanado e comemos com as mãos, apesar de em casa ser proibido comer assim. Não estou

---

* Referência ao poema "I, Too" [Eu também], do poeta afro-americano Langston Hughes (1901-67), publicado em 1926, e que, por sua vez, dialoga com Walt Whitman e seu "I Hear America Singing" [Eu ouço a América cantar]. [N.T.]

em casa, muito obrigada. Estou nessa chatice de Colégio de Campo em Tempo Integral, que não fica no campo e, está na cara, não tem tempo integral. Faz anos que fico vendo as meninas brancas agarrarem os irmãos jogadores de basquete nos corredores e atrás da piscina, e os irmãos se deixando agarrar.

Elas só querem saber se embaixo o pelo é tão macio quanto em cima, Leonard, que não joga nem é agarrado, conta para a mesa. *As mães vão dar uma coça neles se levarem essas patricinhas para casa.* E a gente ri. Alto. Fica vendo os jogadores sentarem na mesa dos negros e as meninas brancas de volta ao mundinho dos brancos, jogando o cabelo pra trás sobre o ombro. Destrinchando o frango dos ossos com garfo e dedos delicados. Comendo até a carne malpassada que fica perto do osso — uma carne que nenhum de nós come.

E quando elas timidamente perguntam — porque elas sempre perguntam — se a gente é Prep for Prep ou A Better Chance,* a gente vira os olhos, ri com malícia um para o outro daquele jeito que as deixa coradas.

Não, eu digo. *Mesma situação que você — avós pagando à vista para eu estar aqui.*

A gente diz: *Elas acham que a gente está estudando em prestações.*

E Malcolm, que arrasa no Prep for Prep, e Clarris, que manda ver no ABC, só olham para elas de cima a baixo — dos tênis sujos ao boné de beisebol. Das unhas feitas aos rabos de cavalo.

---

* Prep for Prep e A Better Chance (ou ABC) são programas de ensino para alunos afro-americanos com alto desempenho, em geral oriundos de classes mais pobres, com o objetivo de desenvolver jovens lideranças para a sociedade norte-americana. [N. T.]

No fim do dia, quando a gente vai embora da escola formando um grupo de negros, a gente ouve Tupac bem alto, Jay-Z, Snoop Dogg e Outkast no talo, e dá passos de dança antigos como o *wop* e o *cabbage patch*. A gente vibra com o *voguing* do Malcolm, seu corpo que se movimenta como água. A gente ri alto e fala palavrão no trem e fica vendo o pessoal escolher outro vagão e age como se não estivesse nem aí para o fato de terem medo da nossa gangue de negros.

Mas naquela manhã de setembro, quando a gente sai correndo da Mesa dos Negros do Café da Manhã para a televisão do quarto em nossas casas, a gente se funde num único choro infantil enquanto os noticiários contam que ainda tem muita coisa sem explicação.

Merda, a gente diz alto.

Eles estão bombardeando a gente.

Puta que pariu.

A gente diz: *Meu pai está naquele prédio.* Minha mãe. Minha irmã. Meu irmão. Meu tio. Minha tia. Minha avó. Meu avô. Meu amigo. Meu pai.

Meu pai.

II

O plano inicial era uma viagem de carro. A família inteira amontoada no Volvo de Po'Boy por oito horas até Ohio. Mas Aubrey não dirigia e Po'Boy não achou boa ideia sujeitar uma menina de três anos a tanto tempo de carro.

Aubrey tentou não olhar para Iris ao concordar com o sr. Simmons. Tentou não olhar muito para ela também durante o planejamento. A coisa com Iris parecia um buraco que se abria na frente dele. Ele queria saber por que ela estava o deixando. Eles tinham feito algo. Não, *alguém*. Juntos. E, sim, eles tinham feito *algo* também. Uma família. Uma família que preenchia cada pedaço da casa, se espalhava por todos os aposentos, ecoava pelos corredores e gritava para cima e para baixo nas escadas. Uma família que espirrava água no chão ao sair da banheira. Uma família que limpava a boca de Melody, e a bunda, e varria restos de comida ao redor da cadeirinha. Uma família que caminhava até a Häagen-Dazs na Sétima Avenida para tomar sorvete sentada nos degraus. Eles riam com os filmes de Eddie Murphy e, agora, nas raras ocasiões em que Iris concordava em fazer amor com ele, parecia que seus corpos estavam presos à terra. Quando ele a beijava, queria que ela o engolisse, queria estar inteiro dentro dela — seu amor era profundo assim. E a família eram os três, e Po'Boy e Sabe também. E os fiéis da igreja que os observaram por anos antes de considerá-los gente de bem, gente de Deus, convidando para piqueniques no parque e

92

para passeios de ônibus até a Estátua da Liberdade, China-town, o parque Great Adventure.

Mais de uma vez, ele perguntou por que Oberlin. Por que tão longe. Por que ela estava os deixando. Ele fez a pergunta que Po'Boy se recusou a fazer. Que deixou a mãe cada vez mais triste e silenciosa.

A gente já sabia o que eu ia fazer, Aubrey.

Ele sabia o que ela não estava dizendo. Que a casa ficou pe-quena com ele e com Melody. Errado. Que ela não queria vi-ver com ele. Que não queria criar nenhum filho. Gravidez era uma coisa, ser mãe de alguém era outra.

Ele sabia que a longa lista de escolas que a aceitaram era sua rota de fuga. Oberlin era a mais distante.

E o que devo fazer por quatro anos? Ele finalmente perguntou uma noite. *Devo apenas esperar por você?*

Ela o abraçou apertado e sussurrou: *Amo você, Aubrey*, e ele sentiu o corpo relaxar e endurecer ao mesmo tempo. Ela era tudo o que ele tinha, e ela sabia disso. Era uma força estranha. *Pula, Aubrey.* Ele pulava. Só depois perguntava: *Por quê?*

Eles tinham amadurecido. Depois que Melody nasceu. Depois que a mãe dele morreu. Depois que os pais dela o receberam em casa, tinham amadurecido rápido. Aubrey se barbeando aos dezesseis. Ganhando quinze centímetros aos dezessete. Trabalhando na seção de correspondência de um escritório de advocacia por meio período, que passou a ser período inte-gral quando se formaram.

93

***

Ele sabia que ela odiava que se sentisse feliz com isso — o trabalho na seção de correspondência de um escritório de advocacia, o último andar que era deles na casa dos pais dela, o bebê chorando até que ele subisse para acalmá-lo. De ele ser capaz de fazer isso. Ele sabia que ela não entendia como podia ser suficiente.

Enfim, ela voou. Sozinha, a família inteira se despedindo no aeroporto. Melody nos braços de Aubrey perguntando se ela voltaria logo. Prática. Como se pedisse um copo de água. Como se, de um jeito ou de outro, talvez não fizesse diferença. Então, no minuto seguinte, escondendo a cabeça nos ombros do pai e chorando como se o mundo tivesse acabado.

E, durante o primeiro ano, teve o dia em que ela ligou para ele contando um sonho que teve com a mãe dele. Sobre o fogo e como ela havia gritado até acordar. Era tarde da noite, bem depois de ele ter posto Melody para dormir.

Rápido assim, Aubrey, disse. *Um sonho grandioso sobre o futuro simplesmente... desaparece.*

Ele sabia o que significava grandioso, mas mesmo assim tentou decompor em sua cabeça do jeito que a mãe costumava dizer para ele fazer. *Dios* — a palavra em espanhol para Deus. Grande — enorme. Adquiriu um sentido novo e estranho para ele.

Tenho saudades dela, ele disse. *Tenho saudades de você.*

Ele a ouviu chorar baixinho do outro lado da linha.

Eu sei, ela disse. *Eu sei que você tem.*

O telefone estava encaixado entre o ombro e o queixo, o ouvido colado no aparelho. Ele a queria mais perto, ao lado dele. Mas mesmo entre lágrimas, percebeu a distância na voz dela. Foi diferente algum dia? Ele não se lembrava.

Todo dia, parece que esqueço algo sobre como era ser jovem, Iris contava. *Tentei rezar o terço outro dia. Só por rezar, não ligo de verdade. Mas era algo que eu tinha que fazer todo dia, toda hora. Não consegui lembrar depois de "Ave Maria, cheia de graça". Mesmo aquele gosto de giz da hóstia. Não lembro como era na minha língua.*

Ele pensou na língua dela. Como era macia e lisa dentro da boca dele. Ele ficou com tesão e disse para ela. Às vezes, ela dizia coisas no telefone para ele. Às vezes ela falava de um jeito que parecia que estava do lado dele, contando o quê e como faria nele.

Tudo, ela disse. Talvez ela não tenha ouvido o que ele falou. Sua voz estava mais baixa agora, mais distante. Ele ficou pensando se estava chapada. *O cheiro do incenso na igreja. Cristo com a túnica aberta para nos mostrar o coração sangrando. Como Isaías 54,7: Por um breve momento te deixei. Como eu me lembro desse versículo?*

Você sabe o que eu sou agora, Aubrey.

O quê? Ele tinha puxado a linha do telefone até o banheiro, mas se deu conta de que nada ia acontecer, então ele encostou na pia e esperou. Ficou pensando se era assim que terminava. Se era assim que os casais seguiam por caminhos diferentes.

Sou católica não praticante. E talvez tenha sido por isso que Cathy-Marie me mostrou o fogo. Ela deu uma risadinha e agora ele tinha certeza de que estava chapada. Mas não perguntou. Pensar nela fumando maconha com algum cara que ele não conhecia era demais para ele. Era quase meia-noite. Ele ficou pensando se o cara ainda estava lá. Ao lado dela, passando a mão nas costas dela.

Ela ficou calada. Então perguntou se ele ainda estava lá.

Sim, Aubrey respondeu. Estou. *Ainda estou.*

Ele sabia que ela é quem não estava. Iris. Sua primeira. Sua Iris já tinha o deixado.

12

O parto valera por duas vidas — a cabeça do bebê parecia querer rasgar Iris ao meio e, então, como se não fosse suficiente, os ombros, grandes e ossudos, como os de Aubrey. O pior é que ninguém acreditava nos gritos dela. O médico dizia várias vezes, *É só pressão que você está sentindo, a peridural está cuidando da dor.* Ela queria xingá-lo, enfiar o corpo dele dentro do dela para ele sentir o fogo do parto. Essa porcaria de espetáculo da experiência. Uma dor como se alguém com uma bota Timberland pisasse em suas costas enquanto todo o resto queimava e queimava. Talvez fosse esse o inferno sobre o qual as freiras a tinham alertado. Iris queria lembrar que a porra daquele médico branco e velho nunca tinha parido, então, de que porra de jeito ele poderia saber. Mas sua mãe estava lá, falando para ela ser forte, falando que ela tinha escolhido aquilo, falando que ia acabar logo. Esfregando pedaços de gelo nos lábios dela. Dizendo: *Te amo, querida. Você consegue. Você é minha garota corajosa, Iris. Você é minha garota corajosa, corajosa.* Ela tinha tido Iris aos quarenta anos. Benjamin havia morrido pouco depois de nascer. Ela conseguia sentir o medo da mãe de que esse bebê talvez não vingasse. Quando era jovem, em Chicago, sua mãe sempre ouvia falar de bebês que nasciam sem respirar. Ouvia falar das técnicas médicas do tapa, da aspiração e do choro. Ouvia o tio contar histórias de mães adolescentes que perdiam os bebês e, às vezes, a própria vida. A mão da mãe tremia, enquanto segurava a mão de Iris.

Nossa, ela é uma beleza, o médico disse. Então Melody chegou ao mundo, vermelha e enrugada e chorando.

Dá ela pra mim, ela é minha. Mas assim que a enfermeira limpou rapidamente o muco e o sangue do bebê e colocou aquele corpinho contra o peito de Iris, os olhos estrábicos do bebê abriram e fecharam de novo como se fosse por causa da luz forte. Ou talvez por causa do olhar confuso de Iris. Iris sentiu uma descarga, algo elétrico e assustador passando por elas.

Merda, Iris sussurrou. *Merda.* Se ela fosse mais velha, teria sido capaz de se fazer a grande pergunta — *Que merda eu fiz?*

Por vários dias depois disso, enquanto as enfermeiras iam e vinham para pegar o bebê e devolvê-la com o cabelo brilhante, penteado e repartido de lado, Iris olhou para fora pela janela do hospital e enxergou a enormidade da vida que ela ainda não tinha vivido. Os olhos do bebê transmitiam tudo — tinham o formato amendoado como os dela, mas nos poucos minutos em que ficavam abertos, percebeu que eram já de um marrom--escuro estranhamente misturado com verde. Os olhos eram bonitos demais. Famintos demais. Era difícil não olhar para dentro deles quando se agitavam em busca dos olhos de Iris enquanto ela amamentava.

Sentia como se estivesse caindo.

Todo dia, seu corpo dolorido e inchado lutava contra um vento forte que assoprava em seus olhos fechados. De noite, ela entrava e saía de sonhos espasmódicos, acordava no escuro, suada e tentando respirar. Para onde o ar tinha ido?

Acordava de madrugada para ver o bebê ainda lá. Enfaixado. Piscando.

Havia, de repente, uma nova e permanente sensação de enjoo com relação a tudo. De madrugada, Aubrey surgia de olhos bem abertos e cheios de "o que posso fazer por você" assim que ela direcionava o peito vazando para a boca chorosa e torta do bebê. Até as mãos da enfermeira que segurava seu peito como nunca ninguém tinha segurado para mostrar como tirar os lábios de Melody dali enquanto o grosso colostro vazava sobre a barriga intumescida e a camisola hospitalar. Até a calcinha de filó cafona do hospital e o absorvente enorme que tinham dado para ela pareciam nojentos e intermináveis. Talvez fosse sangrar para sempre. Ficar dolorida para sempre. Ter alguém precisando e precisando e precisando dela para sempre pelo resto da vida.

Três dias depois, quando Aubrey colocou o bebê com delicadeza no bebê-conforto dentro do carro e sentou ao lado dela, hesitante e nervoso, Iris, com movimentos lentos e ainda com dor, pulou para a frente ao lado do pai, com expressão impassível e fazendo planos.

Está tudo bem?, seu pai perguntou olhando para ela.

Sim, tudo.

Você fez um bebê lindo, sabe?

Obrigada.

Ele dirigiu devagar, as ruas do Brooklyn passavam por eles sem pressa. O bebê dormiu e dormiu.

***

As semanas passaram lentamente. Dia após noite após dia de novo, uma comprida e ininterrupta sequência do bebê tentando sugar a vida absoluta dos seus seios, enquanto Iris se sentava na varanda dos pais olhando para as apostilas de faculdade que a mãe tinha começado a comprar no verão anterior à entrada dela no ensino médio. Com um braço ela segurava o bebê, com o outro escrevia cartas no computador dos pais. Oregon, Califórnia, Ohio e estado de Washington, o barulho das teclas sob a mão direita, os estados mais afastados como uma promessa distante.

De noite, quando os seios enchiam dolorosamente de novo e de novo com o leite que vazava e manchava suas camisetas, ela ficava deitada na cama ignorando o choro de Melody e estudando trigonometria e química.

Enquanto Aubrey dormia com o bebê no peito, ela lia Shakespeare, as irmãs Brontë, Auden.

Era um desejo que nunca havia experimentado. Mesmo quando criança, jamais duvidara que um dia iria para a faculdade. CathyMarie atiçou algo que sempre havia estado lá, mas o nascimento de Melody — a dor, a gana absoluta com que o bebê se impôs ao mundo — parecia que tinha mudado o próprio DNA de Iris. Mas não tinha. Quando os olhos ardiam na luz fraca de leitura do abajur, ela sabia que era a mãe dela, e a mãe da mãe dela e assim por diante que a conduziam, numa cadeia que não podia ser rompida. A história da vida dela já havia sido escrita. Com bebê ou sem bebê.

Ela havia perdido os últimos meses do primeiro ano do colegial e o verão seguinte inteiro. Deixou de sair com os amigos, de fumar maconha e de dançar ao som da vitrola do DJ no Halsey Park. Antes de ser expulsa do colégio das freiras, ela dormiu no meio da aula de álgebra e acordou porque o professor chamava seu nome.

Se não fosse por CathyMarie, ela teria acabado em um curso de verão. Dane-se o colégio de freiras. Dane-se o curso de verão. Seu cérebro estava pegando fogo, faminto como o diabo. A escola pública ficava só a dois quarteirões dali. Ela ia para lá. Ela ia arrasar. Ela ia embora dali.

Ela já tinha ido embora, praticamente.

13

A primeira vez que sua mãe caiu, Aubrey soube.

Eles passaram anos andando pelas praias. A areia ondulante e em declive ao longo da costa, os buracos fundos cavados por cachorros e os mais rasos que a areia e os caranguejos-ferraduras deixavam. Os pés dela estavam pálidos, com veias azuladas e salientes. As unhas dos pés pintadas de roxo, de vermelho vivo e uma vez até de dourado brilhante, ele lembrava. Não, sua mãe tinha um andar seguro, sim, sua mãe tinha. Quando *ele* tropeçava, ela olhava para ele como se algo errado tivesse acontecido com seu cérebro. Tipo, como uma criança que saiu dela tropeçava daquele jeito. *Levanta, Aubrey. E olha para onde você pisa!* Ela *nunca* tinha que tomar cuidado. Seus pés aterrissavam na areia fortes, firmes e seguros. Imprimia-os de novo, de novo e de novo elegantemente, deixando pegadas em que Aubrey pisava, os pezinhos afundando nos espaços que ela criava.

Então, quando ela caiu pela primeira vez enquanto caminhavam pelo calçadão em Cone Island, ele soube. O rosto dela aterrissou com força contra as tábuas cheias de farpas, inchando rápido assim que ergueu a cabeça. Foi logo dizendo: *Estou bem, estou bem. Não faz drama.*

As mãos ficaram arranhadas e sangraram por ter tentado impedir a queda. As calças, rasgadas nos joelhos. Uma pequena multidão se juntou, mas a mãe, ao tentar se erguer, dispersou todos. A vergonha era clara como a dor.

Foi no começo da primavera. Se eles estivessem andando na praia, a queda teria sido mais suave. Ou talvez não tivesse nenhuma queda.

Estou bem, a mãe disse. *Só anda do meu lado devagar, Aubrey. Me acompanha até a água.*

14

Dizem que não nos lembramos de coisas muitos antigas, que as primeiras memórias só aparecem quando a gente faz seis anos. Mas não é verdade. Eu me lembro de coisas de quando tinha cinco, quatro e três. Lembro-me de quando tinha treze e dez e seis. Mas é de quando eu tinha três anos que estou me lembrando esta manhã. Ela está arrumando as malas e eu estou sentada no colo do meu pai olhando para ela. O quarto está quente e abafado — como se tivesse outra pessoa lá com a gente, ou só algo pesado.

Quando encosto no peito do meu pai, sinto o barulho do seu coração. Não a batida lenta que eu lembro ao dormir. Era rápida e forte. Um batimento cardíaco tão assustador no peito dele que eu precisei tirar a cabeça. Iris cantarolava enquanto arrumava as malas. De vez em quando, ela vinha e nos beijava no rosto. Estava feliz como eu nunca tinha visto.

Como é estranho voltar a essa lembrança e vê-los ali — meus pais jovens, meu pai mais magro, minha mãe feliz. As paredes pintadas de intenso verde-escuro e o teto de branco. Aquele quarto não existia daquele jeito até que eu tivesse dez anos. Virou o quarto de hóspedes em que Iris dormia quando vinha visitar — um quarto de depósito com uma cama de casal, uma cômoda com duas gavetas e uma luminária presa na cabeceira. Um quarto de que eu tinha que tirar o pó todo domingo, com janelas que eu era obrigada a limpar quando mudava a estação.

Mas naquela ocasião, parecia cheio, lotado. Abarrotado com as malas da minha mãe e com as caixas de livros, com o edredom e com os travesseiros. Meu pai e eu sentados no canto da cama perguntando o que podíamos fazer para ajudar. Eu segurava suas meias e sutiãs e camisetas. Acho que não entendia o que estava acontecendo.

Pra onde a gente vamos, Iris? Eu perguntava de novo e de novo. *Pra onde a gente vamos?*

Para onde nós vamos, Melody. É para onde nós vamos. Mamãe vai para a faculdade, para se formar e ter um diploma.

Aos três anos, eu não entendia a palavra *faculdade*. Não entendia *diploma*. Que demoraria quatro anos. Que quatro anos virariam *Para sempre.*

Para. Onde. Nós. Vamos. Iris?

E depois. E depois. E depois.

Às vezes, o corpo se livra da lembrança. Vejo as malas da minha mãe serem carregadas para baixo, suas costas desaparecerem pela porta. O pescoço do meu pai e os ombros surgirem diante do meu rosto, diante das minhas lágrimas, dos meus gritos. Meu pai de lado, recebendo os golpes dos meus chutes. Suas mãos me segurando firme. Meu pai. Se segurando.

15

Era inverno e a Mercedes vermelha de Slip Rock cruzou a rua Cornelia, virou à esquerda na avenida Knickerbocker e dissipou-se na memória, Aubrey tinha quinze anos. Era a primeira vez que ele tinha visto um carro daqueles na vida real. Enquanto saía do apartamento com as palavras de Iris ainda espremendo seu cérebro, *Você colocou um bebê dentro de mim*, ele deu uma olhada no irmão bonito de pele clara que meio que sempre conheceu agora tirando uma onda com roupas descoladas e um belo carro. Slip Rock colocou um baseado apagado na boca, pôs a mão no boné Kangol e acenou para Aubrey, seus olhos amendoados contra o sol de inverno estavam entreabertos.

E aí, baixinho?

E aí, Slip Rock?

—

Dez anos depois, Aubrey segurava a mão de Melody e ouvia um OG,* cujo nome ele não lembra mais, contar a história do assassinato de Slip Rock — *Eles atiraram na nuca dele do jeito que fazem quando estão muito putos, sabe. Foi assim que mataram aquele rapaz amarelo.* A dentadura de baixo do homem velho

---

* OG, abreviação de "*original gangsta*", descreve alguém cujo comportamento ou modo de vida violento é associado ao das gangues urbanas. [N.T.]

estava solta na boca e movimentava-se em pequenos círculos enquanto falava. Melody ficou olhando fixo para ele, com a boca aberta. Olhos esbugalhados. O OG piscou para ela, então baixou a voz ao contar de novo como deixaram a cabeça de Slip pingando no balanço de bebês no parque Knickerbocker, arrancaram seu cordão de ouro, seus olhos arregalados para sempre. *E ponto*, o homem disse, dobrando o lábio inferior para segurar seus dentes.

Parado ali, Aubrey se lembrou do aceno de Slip Rock, as bochechas ainda exibindo aquela pele de bebê e quase nada no rosto para barbear. Quando o OG olhou de relance para Melody de novo e deu um gole na garrafa escondida dentro do saco marrom, os olhos de Melody seguiram sua mão, o percurso da garrafa até a boca, a retração depois do gole.

Sua filha? Coisinha linda. Deus pode fazer um menino feio que dói, mas nunca o vi fazer uma menina feia. Agora, quando elas crescem, bom, aí é outra história. O homem riu de um jeito terno. Então deu mais um gole e ficou calado.

Para sempre, filho, ele repetiu, como se de repente se desse conta de como soava poético. *Os olhos do garoto arregalados para sempre.*

Aubrey segurou a mão de Melody mais forte lembrando como ele, aos quinze, tinha visto Slip passar de carro, desejando entrar no jogo, fazer dinheiro rápido, levar a si mesmo, Iris e o bebê que estava a caminho para longe desse lugar para sempre.

Slip Rock estava usando um agasalho Adidas azul royal e um boné Kangol combinando. Com relação à moda da época, ele estava dois anos mais ou menos atrasado, mas fazia sentido — já que ele havia passado um tempo no centro de detenção Spofford, onde, todo mundo sabia, o tempo parava.

Os alto-falantes berravam De La Soul, o que era suficiente para que todas as crianças do quarteirão fossem correndo em direção ao carro. *Mirror, mirror, on the wall. Tell me, mirror, what is wrong.* Mas Aubrey ficou onde estava, à distância. Ele se sentiu velho ali parado. Um tanto abalado. Tinha enfiado as mãos nos bolsos da calça e apalpava os fiapos no fundo deles. Até isso o deixou triste. Fiapos em vez de dinheiro. Calça gasta de gabardine em vez de corta-vento. Um casaco velho de lã em vez de veludo cotelê. *Você colocou um bebê dentro de mim*, ele ouviu de novo e de novo. Tinha um bebê crescendo dentro de Iris. Um bebê. Era como se o mundo virasse de ponta cabeça sobre ele. O crack tinha matado e levado televisões e relógios e casas. À medida que Slip Rock passeava pelo Brooklyn, todos acenavam mortos de inveja do carro que o crack tinha comprado. O crack tinha enchido seus bolsos de dinheiro e colocado correntes pesadas de ouro em seu pescoço. O crack tinha lhe comprado uma arma e permitiu que alugasse o apartamento acima ao da mãe onde sempre tinha uma mulher ou duas — boas como as do programa de hip-hop *Yo! MTV Raps*. O crack tinha pagado o corte de cabelo Caesar novinho e a bandana e a pomada Murray's Nu Nile que Aubrey apostava que ele usava de noite para modelar as ondas que tinha sob o boné Kangol. Aubrey mordeu o lábio inferior. Tudo o que ele precisava fazer era acenar de volta para Slip e entraria no jogo.

Beleza? Slip falou para ele. *Tô contigo se precisar, cê sabe.*

Aubrey se sentiu leve. Sentiu que podia flutuar, voar para dentro do carro de Slip Rock e desaparecer para sempre.

Mas ele fincou os pés no chão. Enfiou as mãos ainda mais fundo dentro dos bolsos. *Sim*, respondeu. *Beleza*.

O telefone tinha tocado alto logo depois de amanhecer e, ao colocar o travesseiro sobre a cabeça para bloquear o som, ele ouviu a mãe tropeçar para atender e, aí, gritou para ele, segurando o telefone. *Fala pra ela não ligar mais pra minha casa tão cedo. Achei que alguém tinha* morrido! O fio do telefone não era comprido o suficiente para ir além da cozinha, então ele, ali parado, a mãe perto demais, o ar quente demais ao redor. *Você colocou um bebê dentro de mim*, Iris disse. Lentamente ele parou de respirar. Não tinha ar em lugar nenhum. A cueca com elástico nas pernas, rasgada e frouxa como o que tinha sobrado dele. *Mas eu achei...* ele disse. *Achei que você disse...* Por dentro ele gritava. MeuDeusMeuDeusMeuDeus. Por dentro ele berrava, vendo sua vida — o resto do primeiro, segundo, terceiro ano do ensino médio, o baile da faculdade — virar um buraco debaixo dos tênis Pro-Keds, virar uma sala sem ar, a mãe perto demais e sabendo de tudo. *Ninguém liga a essa hora da manhã com notícia boa.* E ele próprio definhando.

Como dez anos passaram tão rápido?

Foi aqui que você beijou Iris pela primeira vez? Melody perguntou, sua mão ainda segurava a dele, o OG já tinha ido embora cambaleando rua abaixo, escorando-se em vários portões para se manter ereto. Melody vestia um casaco verde e botas brancas com um saltinho mínimo. Ele não sabia quem tinha comprado as botas para ela. Eram adultas demais para sua garotinha. Ele não gostou de como deram forma às pernas dela sob a meia-calça e a deixaram um pouquinho mais alta, o suficiente para alguma expectativa.

***

Eu te disse isso?

Você disse que beijou Iris em um parque e aqui é um parque. Até que idade ainda é cedo pra beijar, pai?

Vinte e um. Não. Vinte e dois. Na verdade, você não pode beijar ninguém como eu beijei sua mãe antes que eu vá embora deste mundo.

Pai!

Ele apertou a mão dela de novo e riu. O sol sobre eles estava quente e forte, combatendo o frio. Ele nunca, jamais tinha pensado nisso — que levaria a filha até o velho bairro. Que tão cedo o velho bairro se tornaria um lugar de cabeças explodidas e velhos cambaleantes. Que sua mãe teria morrido. E que Iris...

Você nunca vai embora deste mundo, pai. Porque, aí, você ia me deixar. Nunca vou te deixar e você nunca vai me deixar. E ponto.

Olha você escutando e repetindo conversa de adulto.

Sabe a minha amiga Sasha, pai? Ela mora só com a mãe. Você devia conhecê-la e então eu e Sasha seríamos irmãs.

Aubrey riu.

Conheço a mãe da Sasha.

Você conhece ela, mas não daquele *jeito!*

Aubrey jogou a cabeça para trás e gargalhou, então olhou para baixo para ver a gargalhada da filha. Nunca tinha imaginado um amor tão profundo e infinito como esse. Melody desprendeu a mão da dele e o abraçou na cintura. Ela estava ficando alta, os joelhos, mesmo com as meias-calças, salientes como pequenos nós nas pernas longas. Ele queria que ela tivesse carne nos ossos, mas ele era magro assim quando menino e Iris, mesmo quando a barriga ficou grande, de costas dificilmente dava para dizer que estava grávida.

Iris.

Ela tinha acabado de fazer vinte e cinco anos e morava em Upper West Side no apartamento dos pais de alguma amiga de Oberlin. Uma *pied-à-terre* que eles deixaram para morar na Flórida.

Que diabo é uma pied terre, *Iris. Que diabo é isso que você está falando?*

Pied-à-terre. *Um apartamento extra.* Olhou para ele com aquele olhar *como você não sabe isso?* que o deixou vermelho de vergonha. *Eles acharam que os filhos iam usar, mas todos têm casa. Eles não querem vender, pois algum neto pode precisar de um lugar pra morar.*

Merda. Dinheiro de branco não é brincadeira.

Com certeza. Não é.

O apartamento ficava no décimo primeiro andar e as janelas enormes davam para o Central Park. Na vida real, um lugar assim devia custar uma puta grana, ela tinha lhe dito. Ele olhou pela janela, as mãos cruzadas nas costas. Um grupo de mulheres brancas corria no parque, o rabo de cavalo delas balançava para fora do boné de beisebol. Ele tinha parado em frente à janela para ver isso, pensando quando é que ele tinha perdido Iris. Pensando de novo se ela um dia tinha sido mesmo dele.

Aos sábados, Melody ficava com Iris. Uma vez ou outra, quando as coisas estavam bem entre elas, Melody ficava mais uma noite, mas na maioria das manhãs de domingo a filha ligava às sete da manhã perguntando quando ele iria buscá-la.

Aubrey olhou para o banco do parque e tentou não se lembrar de Iris com as pernas penduradas sobre as dele, a língua procurando sua boca. Sempre teve medo de perguntar como ela havia aprendido a beijar daquele jeito. Ele nunca havia perguntado quem tinha sido o primeiro. Algumas coisas ele não queria saber.

Tinha uma parede-mural em homenagem a Slip Rock sorrindo sobre o parque — pele clara e nariz largo, seu sorriso mostrava os dentes da frente encapados com ouro. Sob ele, o artista grafitou com spray NASCER DO SOL: 18 DE ABRIL DE 1975 / PÔR DO SOL: 8 DE FEVEREIRO DE 1994.

Slip Rock. Morto.

Aubrey olhou para a filha. A avó tinha arrumado o cabelo dela com minúsculas tranças que ondulavam nas pontas e iam exatamente até o ombro. Ela estava olhando para o parque, franzindo os olhos.

Os dentes daquele homem mexiam.

Aubrey sorriu. Uma luz laranja escura transpôs os galhos e passou sobre os balanços de um jeito — suave demais, parecido demais com um carinho — que o deixou com um nó na garganta.

—

É pobre aqui, Melody disse. *Não é pobre onde a gente mora.*

Aubrey se lembrou do apartamento que ele dividia com a mãe, como o piso de linóleo descascava, revelando as tábuas de madeira cheias de farpas e as manchas pretas que as baratas deixavam. O que eram aquelas manchas? Cocô. Sangue? Ele não sabia. As mãos da sua mãe eram calosas, mas ele nunca soube por quê. Tinha alguma coisa a ver com o sistema. Os anos sobre os quais ela se recusava a falar, mudando de uma casa para outra. Era pela mesma razão que ela se recusava a esfregar o chão quando ele era pequeno, e a única vez que ele se ofereceu para esfregar — depois que Iris tinha ido lá, os olhos dela mostraram a sujeira que ele nunca tinha visto —, ela disse que um filho dela nunca ia esfregar o chão. A sua voz irada em combinação com a tristeza o assustou. Mas a primeira vez que ele apertou a mão de Sabe e de Po'Boy, ficou surpreso. Achou que todos os adultos tinham mãos calosas e ásperas. E agora sua mão na mão da filha pareceu a de sua mãe. Anos na seção de correspondência separando e envelopando e abrindo. Anos amassando caixas, fazendo pastas e tirando grampos antes de triturar os documentos. Tudo isso tinha deixado ele com asma por causa do pó e com as mãos calosas. Ele queria que Melody nunca tivesse mãos como as da mãe dele. E talvez isso significasse não ser pobre. Eles não eram pobres. Bem, Melody não era. A qualquer momento, ele poderia ficar sem nada. Iris tinha provado isso a ele. Tinha ido embora e desaparecido em um mundo que ele nunca iria conhecer. Tinha-o deixado neste.

Posso pegar um ônibus para ir te ver. Levar o bebê, ele tinha dito várias vezes.

Mas sempre tinha um motivo — provas, muito frio, estaria em casa logo. Sempre algo que ela oferecia à distância — algo do tipo *fique fora dessa parte da minha vida*. Algo como *você pertence ao Brooklyn*.

Sabe, pai?

O quê, Melody?

Este lugar parece que é de uma época muito distante. Parece que está no tempo passado.

É verdade, Aubrey disse.

O sol se pôs.

16

Ela ainda estava ao seu lado na manhã seguinte. Nunca tinha durado desse jeito, até a luz do dia. Na maioria das vezes era apressado e tenso — o desejo de uma pela outra tão desesperado, as camisetas vestidas, as calcinhas arrancadas, as pernas com cãibra de ficar em pé. Pela primeira vez, tinham ficado peladas, se enfiado debaixo das cobertas da pequena cama e colado uma na outra contra o frio que ainda estava na atmosfera de Ohio. Iris levantou e ficou olhando para Jam. Os dreadlocks dela estavam espalhados sobre o travesseiro e sobre os olhos. Ela passou os dedos pelos seios de Jam, pela barriga e por dentro do grosso cabelo negro. Jam estremeceu, mas não acordou. Iris deitou perto dela e cheirou seu cabelo. Os dreadlocks tinham cheiro de vinagre e de queimado. De lavanda também. Ela enfiou o nariz dentro deles pensando se o cheiro do cabelo de Jam ficaria nela para sempre. Talvez fosse amor — querer alguém com todos os sentidos. Deitou de volta no travesseiro e fechou os olhos.

Quando acordou de novo, a boca de Jam estava no seu peito, em direção aos bicos. Iris deu um pulo e ficou de pé. Durante a noite de sexo, ela havia conseguido manter a boca da garota longe dos seus seios, colocando-a em seus lábios ou entre as pernas. Jam tinha sorrido com malícia na semiescuridão, mas obedeceu. Agora, as duas olhavam para o seu peito em pleno dia claro, o leite pingando na barriga. Iris tentou cobri-los com as mãos, mas Jam as tirou e ficou olhando. Quando Iris olhou para os olhos dela, havia tantas perguntas.

***

Era quase abril. Em um mês, as provas finais terminariam e elas iriam para casa. Jamison voltaria para Nova Orleans e Iris, pela primeira vez em dois anos, iria para casa no Brooklyn. Talvez Aubrey soubesse. Quando eles se falaram, tinha tanta súplica na voz dele, tanta necessidade dela, que quase doeu. Ele tinha vinte e um anos e era ainda tão frágil, tão novo sobre tantas coisas. Tão... jovem.

Por que isso tá acontecendo, Jamison perguntou. *Estão com alguma infecção?*

Elas estavam juntas havia quase seis meses já — uma relação escondida de todos em Oberlin, Brooklyn e Louisiana. Não contar tinha um efeito tão forte, Iris pensava. Ela ficava em pânico que pudessem ser descobertas, que esse sentimento, esse desejo infinito, pudesse acabar por causa de alguém.

Mas tinha algo mais. O lento processo de ficar apaixonada pelo modo como Jam movimentava as pernas enquanto andava. O calor que crescia dentro de si quando Jam punha as mãos no bolso de trás do jeans. Até mesmo o jeans — justo e de cintura baixa enquanto todo mundo preferia com pregas e cintura acima do umbigo. Uma vez, ela passou pela sala de aula e viu Jam com os braços pendurados nas costas da cadeira, rindo maliciosamente com um palito na boca. Iris tinha passado a hora seguinte imaginando de quem Jam estava rindo. Mas quando ficaram juntas naquela noite, ela perdeu a coragem de perguntar. Pareceu loucura até mesmo levantar o assunto. Mesmo assim, o jeito como os outros alunos olhavam para Jam mexia com ela. Não queria que Jamison olhasse para outra pessoa a não ser ela. Quando Jamison ria à toa com outra garota, Iris tinha a impressão de que ia perdê-la. Quando ficava deitada na cama imaginando a boca de alguém na boca de Jamison, tinha que respirar devagar para se acalmar. Era como se estivesse em carne viva — como se algo dentro dela estivesse esfolado e sangrando. Ela queria que essa coisa com Jam durasse. Já via as duas envelhecendo juntas — Jam com os braços ao redor da cintura de Iris na escuridão. Dias e dias na cama juntas em algum lugar. Onde — ela não sabia. Não importava, na verdade. Não agora. Não ainda. Ela não era gay, ou lésbica ou *queer* ou qualquer outra coisa. Ela queria só a Jam — sua suavidade, o jeito como ela ria. O jeito como ela punha o cigarro na boca de Iris e segurava enquanto ela tragava. Ficava olhando Iris soltar a fumaça, então se inclinava e a beijava, seus olhos sempre um pouco fechados, como se tivesse acabado de trepar e ainda pensasse a respeito. Era por Jam que ela estava apaixonada e estaria sempre. Esse desejo por alguém em estado bruto, desnudado, era tão novo para ela que chegava a doer. Deixava-a tão frágil — como se Jam fosse virar pó nas suas mãos. Ir embora.

A primeira vez que Jam a beijou, ela ficou nervosa por vários dias. Era sábado e elas estavam do lado de fora do dormitório de Jam para fumar Drum e ver os alunos brancos amontoados de camiseta polo, fumando maconha e reverenciando Boy George. *Clowns caress you. Fingers undress your fears...* Jam estava com a cabeça jogada para trás e ria. O jeito como ela curvou o pescoço surpreendeu Iris. Antes, tinham fumado um baseado, passando de uma para outra discretamente até que sobrasse apenas uma ponta que queimava entre os dedos de Iris. Ela estava muito a fim de fumar, e em Oberlin até mesmo a pessoa mais estúpida dava um tapa. Ela achou que a sensação ia ser fraca, mas não foi. Partindo do pescoço de Jam, Iris imaginou seus lábios nele e riu, culpando a maconha.

Jam surpreendeu-a olhando e disse — *Quero te mostrar uma coisa no meu quarto.*

Ela dividia o quarto com uma garota tímida do Maine que passava a maior parte do tempo na biblioteca. Iris tinha encontrado com a menina apenas uma vez, mas não ficou surpresa ao entrar no quarto de Jam e ver a cama da garota bem-arrumada com uma coleção inteira de animais de pelúcia em cor pastel organizados em volta do travesseiro e um pôster do Fleetwood Mac enquadrado sobre a cama.

O lado de Jam no quarto tinha uma cama toda bagunçada e pôsteres dos Panteras Negras Assata Shakur e Huey Newton. Uma fileira de tênis Puma muito bem arrumados estava disposta em frente à parede — preto e branco, dourado e azul, vermelho e preto — interminável. No final da fileira tinha um par de botas Timberland. Mesmo com todos esses tênis, Jam usava as Timbs na maioria das vezes, e incrível como eram sexy.

Era um pouco surrealista e Iris deu uma risadinha.

Ainda chapada? Jam perguntou, olhando para ela enquanto fechava a porta. No pequeno quarto, as duas estavam perto o suficiente para se tocar, e antes que Iris pudesse mentir e dizer não, Jam a beijou, sua boca pressionou com força a boca de Iris, sua língua insistente e doce. Elas encostaram na parede e continuaram a se beijar.

Estou beijando uma mulher, Iris ficou pensando. *Estou beijando Jamison!*

Ela deixou as mãos de Jamison explorarem seu corpo, mas agarrou-as quando procuravam os seios. Já estavam vazando dentro do sutiã.

É leite, sussurrou enquanto Jam a olhava. Iris tinha puxado as cobertas e cobria o peito que gotejava sob os lençóis. Teve medo de repente. Não conseguia olhar para Jam. Ficou olhando para o alto, acima da cabeça dela, para a janela.

Iris tinha amamentado Melody por quase três anos. Não por dever — ela sabia que depois de um ano a filha tinha recebido o necessário de leite materno. Não, ela continuou amamentando a recém-nascida, depois a bebê que engatinhava e finalmente a menina que já andava porque ela continuava produzindo leite e Melody continuava querendo mamar. Ela amamentou porque era de se imaginar que ela deveria sentir algum tipo de conexão empolgante e profunda com a filha que ela não sentia. Então ela deu o que tinha — seu corpo. Esse pedaço do corpo dela, olhando nos olhos da filha ou para as páginas de uma apostila ou simplesmente pela janela enquanto Melody ficava deitada em seu colo. E mamava e mamava e mamava.

Quando vou tê-los de volta? Aubrey brincava, olhando para as duas. E ela riu para ele em vez de dizer: *Nunca. Nem agora. Nem nunca mais.*

Ela achou que, assim que parasse de amamentar, o leite desapareceria, que os seios iriam diminuir e voltar ao tamanho normal e ela seguiria em frente. Mas na primeira vez em que Jam a beijou, ela sentiu a camiseta ficar úmida e viu aquelas manchas redondas e escuras familiares e acabou atravessando o campus segurando os livros grudados no peito como fazia quando tinha doze anos — quando seus seios começaram a crescer e um bando de meninos infantis a seguiam gritando: *Ei, Mamilos, mostra pra gente o que está crescendo aí.*

Melody, Iris disse, apontando o queixo em direção ao espelho onde tinha uma fileira de fotos de Melody presa nas laterais. *Ela é minha filha, não é irmã.*

Jamison ficou olhando para ela por um bom tempo, olhou para o espelho, deitou de novo com todo seu peso e bateu a cabeça gentilmente contra a parede algumas vezes.

Então você mentiu, disse depois de um tempão.

Se fosse Aubrey, ela teria sido evasiva, justificado do jeito dela de algum modo. Invertido a questão até ele duvidar do que sempre soube. Mas *não era* Aubrey. Jam era tão diferente, fortemente precisa e realista. Filha única de professores universitários e ateus. Tinha lido Audre Lorde, James Baldwin e Nella Larson. Reconhecia-se como *queer*, tinha piercing no bico do peito e interrogava professores brancos. Era mordaz e doce e tinha uma resposta para qualquer questão que aparecesse. Sentada na cama com ela, Iris ficou pensando se tinha mentido. Ela duvidou. Jam tinha dito mais de uma vez: *Foda-se esse mundo. Não sou uma mulher.* Meses antes de Iris conhecer Sojourner Truth. Ela achou que o *Não sou uma mulher* fosse da Jam mesmo. Até a relação secreta delas — Jam queria ter contado para o mundo. Disse: *Foda-se essa escola, não me importo que saibam sobre nós.* Foi Iris que quis esconder, manter em segredo. Apenas entre elas.

E agora, virada para ela, Iris se deu conta de que tinha enchido uma mala de mentiras e trazido tudo para Oberlin. Os seios que vazavam leite era apenas uma delas. O homem que tinha em casa. A escola de onde tinha sido expulsa. A filha que havia deixado para trás. A mãe que tinha batido nela e chorado...

Menti, Iris disse. *É, menti. Tive uma filha aos quinze anos. É ela.* Apontou para o espelho. Melody com um, dois, três, quatro, cinco. Cada ano ficando um pouco mais como Iris — olhos, boca, nariz, sorriso.

Mas aqui você está transando comigo? Jamison ficou apoiada no cotovelo. *Não entendo.* Iris ouvia os alunos andando pelo corredor.

Gosto de você, Iris disse. Ainda não conseguia olhar para ela. Quando olhou para as mãos, se deu conta de que segurava com força pedaços do lençol e do cobertor, os nós dos dedos estavam marrom-avermelhados.

Teve medo de dizer: *Eu te amo. Quero ficar com você.* Por quase dois anos se sentiu tão mais velha que os outros alunos de Oberlin. Com Jamison, ela se sentia como uma criança de repente. Sem palavras e atrapalhada.

Sem essa, Iris, Jam disse. *Você tem um bebê. Você tem um homem?* Ela tinha ficado de pé ao lado da cama e olhava por cima do ombro para Iris. *Porque tenho certeza de que aos quinze você não tentou fazer a coisa da inseminação.*

O pai da criança mora com meus pais.

Quer dizer, ele mora com você.

Eu moro aqui, Iris disse.

***

Mas você volta para casa. Jamison puxou para cima a boxer branca e vestiu os jeans. Quando abotoou a calça, sentou de volta na cama, sem camiseta. Iris queria esticar a mão e tocar nas costas dela. Eram largas de um tom escuro e lindas. Quantas outras mulheres tinham tocado nelas, pedaço por pedaço, encostado o rosto? Não queria saber.

O leite tinha parado de sair. Ela teria que lavar o lençol. A única vez que provou seu leite, ficou surpresa com a doçura e espremeu um pouco mais no dedo para Aubrey provar.

Posso experimentar direto da fonte?, ele disse.

Não.

Queria contar isso para Jam — que tinha dormido com ele talvez uma dúzia de vezes desde que Melody nasceu. Que não o amava. Que se elas não tivessem que usar palavras como *gay*, *lésbica*, *queer*, *sapatão*, talvez pudessem ficar juntas. Se elas não tivessem que tornar público, talvez funcionasse.

Mas Jamison vestia a blusa — uma blusa de flanela que ia até a cintura de modo que, ao se inclinar para pôr as botas, um pedaço de pele negra excitou Iris.

Quando estava totalmente vestida, Jamison foi até o espelho e olhou demoradamente para as fotos.

Ela é linda, disse. Então foi de volta até a cama, beijou Iris gentilmente na testa. E saiu.

17

A casa está em silêncio de novo, os confetes foram aspirados, Iris voltou para o apartamento em Manhattan e os adultos que moram aqui estão no quinto sono.

Alguns bêbados derrubaram vinho no meu vestido e só agora eu estou vendo. Malcolm na minha cama, rindo e chapado. Eu pensando — *quem sabe desta vez vai dar certo.*

Ei, ele diz.

Ei você.

Lou estava bêbado pra caramba, Malcolm diz. *Incrível como aquele gato não consegue beber sem ficar bêbado.*

Ele fala coisas assim. Gato e legal e bomba.

Ele estava se acabando na vodca.

Ando até ele, viro de costas para que ele abra o zíper do vestido.

Que tipo de merda neocolonialista você está usando debaixo do vestido, garota?

*Que tal neovitoriana. É um espartilho. Uma coisa antiga, sabe.** *Como num casamento, mas com merdas que não foram transmitidas do mesmo jeito.*

Malcolm ri. *Sua família ostenta tudo o que pode. Eu sei que já disse isso milhões de vezes, mas merda. Hoje. Hoje de noite. A coisa toda.* Ele desenha círculos exagerados no ar com as mãos, balançando a cabeça. Ele é gay pra caramba, eu sei. Qualquer um com olhos e qualquer pessoa com menos de vinte e um, hétero ou gay, sabe disso. Os adultos é que não entendem o que se recusam a ver.

E tinha aquele velhote da igreja da sua avó dançando com a mulher e tentando falar no meu ouvido. Falando sobre me encontrar no carro. Como se aqui não fosse o Brooklyn. Como se a gente fosse parar em alguma estrada escura. Como se eu quisesse chupar o pau enrugado dele.

Eu liberto meus seios do espartilho e os olhos de Malcolm ficam enormes.

Essas meninas estão tipo Enfim, livres, obrigada, nossa! *Vem aqui.*

Visto uma das camisetas velhas do meu pai — uma cinza em que está escrito Oberlin College em letras vermelhas na frente. Foi a primeira e única camiseta que Iris trouxe para ele e cobre minhas coxas.

Então eu cubro o cabelo e deito na cama ao lado de Malcolm, deixo-o me abraçar.

---

* Nos Estados Unidos, é tradição a noiva usar "*something new, something old, something borrowed, something blue*" [algo novo, algo antigo, algo emprestado, algo azul] para dar sorte no casamento. [N. T.]

Ele envolve meus seios com as mãos em forma de concha e suspira. *No mundo perfeito, ele diz, eles seriam meus.*

Quando a gente tentou fazer algo além de ficar de conchinha foi a única vez que o vi chorar. *Eu quero tanto querer você*, ele sussurrou. Naquela época, tínhamos sido um casal por quase um ano, os braços de Malcolm sobre meus ombros enquanto passeávamos pelo campus, sua mão segurando a minha quando íamos ao cinema com amigos nos fins de semana. Mas a gente sabia o que sabia. Mesmo assim.

Você acha que um dia vai acontecer comigo, Malc. A coisa do sexo.

Porra, Melody. Claro que sim e claro que sim de novo. Você é bonita pra cacete e... Sabe, que merda, desde que a gente era criança, eu queria ser você. Queria seu cabelo, sua bunda e seus lábios e seus olhos e agora — olha para os seus peitos perfeitos pra cacete! Olha para a porra da sua cinturinha e — ele levantou uma das minhas mãos, beijou as costas dela com delicadeza — *eu até queria suas mãos perfeitas. Os caras brancos não te enxergam e os irmãos são uns idiotas, mas você vai conseguir sua trepada. Acredita.*

Eu me viro e enterro a cabeça no peito dele. Sinto seu coração batendo contra a minha testa. Sinto o cheiro da colônia Polo que ele ama.

E você, cara? E o seu cabaço?

Ele respira fundo. Quando fala, soa triste.

Sexo é fácil para um viado, garota. Estou atrás de amor. Que venha o amor.

É, digo com um bocejo. *O amor.*

Hoje você foi apresentada à sociedade, Melody, ele diz sonolento. *Droga, adoro como acham que o mundo está até meio preparado para a nossa contribuição.*

18

Sentada aqui nessa tarde, me lembro do poema de... acho que é de Dunbar, não tenho mais certeza. É a idade. Quando uma lembrança começa a aflorar, a mente a sequestra de volta. E a gente esquece o que quer lembrar. Rememora o que tanto quer esquecer. Essa tarde, sinto tanta falta de Po'Boy e de Aubrey.

O poema começa assim: *Dey had a great big pahty down to Tom's de othad night.* Só de pensar nele eu sorrio, sabe? O jeito como o poema brinca com todas as palavras — escrevendo-as de um jeito diferente do que deveriam ser escritas, mas com sentido porque é assim que eram pronunciadas. Eu sabia esse poema inteiro de cor. Minha mãe me fazia recitá-lo quando o pessoal se reunia. Declamação. Eu queria que Iris e Aubrey fizessem com que Melody o decorasse, mas eles disseram que, se fosse para ela recitar algo, seria o rap de alguém, e isso não aconteceria. Então apenas combinamos que iriam a uma escola para aprender o *cakewalk* e outras coreografias que eles dançaram de noite.

Gosto de me lembrar das coisas boas.

Uma coisa a memória. Te leva de volta para onde você esteve e te deixa lá por um tempo. Faz cinco anos que Aubrey morreu. Àquela altura, já era como um filho para mim.

Was I dah? You bet! I nevah in my life see sich a sight.

***

Era Dunbar. Tenho certeza agora. Paul Lawrence Dunbar. Meu nome é Sabe Ella Franklin e eu gosto de recitar "The Party", de Paul Lawrence Dunbar.

Depois do câncer que levou a mãe de Aubrey tão rápido, achamos que Po'Boy seria o próximo pela forma igualmente devastadora que o câncer apareceu nele. Ai, como aquele homem sofreu nos últimos dias, nem gosto de lembrar — eu queria ajudá-lo a partir. A casa ficou como um hospital, a cama dele bem aqui na sala de estar porque ele queria luminosidade. *É só o que vou pedir pra você, Sabe. Me deixa onde há mais luz.* Então nós o colocamos aqui. Em algumas manhãs quando eu descia, ele estava ali deitado olhando para a luz, chorando. *Dói tanto, Sabe. Dói demais.* Naqueles dias, a única coisa que eu queria era amassar os remédios para dor até virarem pó, misturar com suco de laranja e ajudá-lo a mergulhar em um sono profundo e, por fim — para longe daqui. Mas eu não podia. Melody não estava pronta. Iris não estava pronta. A única pronta parecia ser eu. Eu tinha conhecido completamente o Po'Boy que este mundo me permitiu conhecer. O homem na cama hospitalar era o sofrimento encarnado. Uma sombra do meu Po'Boy. E era o que me dilacerava por dentro. Mas aí ele falava, *Lê pra mim, Sabe. Quero só ouvir sua voz. Lê alguma coisa daquele Dunbar.*

Vou te contar, algo na poesia de Dunbar fazia a gente rir e rir. Os negros tentando se comportar e falar como os brancos. Po'Boy ria quando eu lia os poemas de Dunbar como o autor queria que fossem lidos. Ele dizia: *Olha o que a minha Sabe faz com esses poemas. Talentosa como ela só!* Nós dois adorávamos o jeito como ele escrevia. Na verdade, ele falava: *Não podemos ser apenas quem somos, pessoal? Vamos tirar as máscaras e rir e dançar e comer e conversar?* E ele tinha a coragem de ter aquele nome, Paul Lawrence Dunbar — como se fosse necessário pronunciá-lo com o dedo mindinho esticado. Que droga, Hmph. Po'Boy e eu então aprovávamos com um gesto de cabeça tudo que nosso povo é.

Senhor, como sinto saudade de Po'Boy. Sinto tanta saudade dele, Senhor.

Quando tive a minha cerimônia, tinha acabado de fazer dezessete anos, que é mais ou menos a idade. Dezesseis, dezessete, dezoito. Alguns esperam até vinte e um, mas depois que Iris ficou grávida, acho que fiquei aflita, e logo que Melody nasceu disse para Po'Boy que era melhor fazer a cerimônia dela mais cedo do que mais tarde. Eu deveria saber que seria diferente com Melody. Deveria saber que às vezes o bom senso pula uma geração.

Para minha cerimônia, usei um vestido branco. Sempre vestimos branco. Melody queria vestir azul, mas não deixei. Meu vestido também era na altura da canela e usei sapatos brancos que minha mãe tinha comprado em Ohrbach quando a loja ainda existia. Era incrível entrar na loja e os vendedores nos sentarem e pegarem nossos pés na mão. Eles eram cuidadosos. Colocavam nosso pé em um tipo de banquinho inclinado e aí punham aquele objeto sob o pé. A gente se sentia especial. Depois, traziam os sapatos escolhidos em alguns tamanhos diferentes. Eles realmente levavam a sério o trabalho. Parecia que lidar com os pés dos fregueses o dia inteiro era o trabalho mais importante do mundo. Mas te digo que você saía de lá com um par de sapatos que serviam. Não tinha que se preocupar com bolhas no calcanhar te machucando. Nada disso.

Depois de duas horas, Melody falou que os pés estavam doendo. Claro que Aubrey e Po'Boy disseram que tudo bem ela tirar os sapatos. Daí, acho que todo adolescente daquela pista dançou o chá-chá-chá descalço. Eles foram obrigados a dançar o *cakewalk*, o *lindy* e a valsa. No começo dançaram direito, até... dançarem como sempre dançam.

Mas antes, aqueles meninos estavam tão lindos na pista.

Olha como o sol bate forte agora. Todo esse dourado no pinheiro amarelado e eu aqui na janela — uma mulher velha em meio às lembranças.

Ike he foun' a cheer an' asked huh: "Wont you set down" wif a smile.

An' she answe'd up a-bowin, "Oh, I reckon 'taint wuth while."

Dat was jes' fu' style, I reckon, 'cause she sot down jes' de same...

Puxa, como os adultos batiam palmas quando eu terminava de declamar. Minha mãe e meu pai sentados bem na frente. Tão orgulhosos. Tão orgulhosos. Fico feliz quando me lembro da minha mãe ali, com suas lindas mãos no rosto. Tanta alegria nos olhos. E debaixo daquela alegria, tanta tristeza. Lembro-me de me erguer depois da reverência e ver os olhos dela prestes a derramar lágrimas. E depois ela rapidamente sacudir a cabeça como se dissesse: *Estou bem.* Como se dissesse: *Não faz drama ou vou deixar seu traseiro vermelho.*

Senhor, estou *cansada.*

Sinto falta de tanta gente hoje. Senhor, me diga por que me deixou aqui. Parece que estou vivendo há tanto tempo, tanto tempo. É hora de me levar também.

Passo meus dias esperando por sinais. Hoje é a luz dançando no chão. É o esquilo que foge com um pedaço de pão pela árvore. É o passarinho no parapeito da janela. É o carro azul brilhante dirigido por um homem preto-azulado. É a Melody chegando da escola dizendo: *Vovó, você ficou sentada aí o dia todo? Menina, me deixa te levar pelo menos para tomar um sorvete.* E somos nós no banco do parque no comecinho da noite. Sentadas tomando sorvete. Sentadas tomando sorvete.

Lá do céu, Po'Boy pede para aguentar. Para continuar um pouco mais. Até que Melody e Iris encontrem cada uma o seu caminho.

Sou velha, mas estou tentando. Tenho esperança de que, ao chegar aos portões, Deus vai olhar para o seu livro e dizer: *Você se saiu bem, Sabe. Vem pra casa agora. Vem pra casa.*

19

Eu me lembro de ser empurrada para a luz. Para dentro do medo de Iris. Para dentro do calor do olhar da minha avó. Eu me lembro de mãos em cima de mim. Tantas. E de algo quente ser enrolado bem justo em mim. Da força com que algo em mim foi cortado, com que algo foi tirado de meu rosto, com que algo oleoso lambuzou meus olhos.

Um pouco da bolsa amniótica, minha avó disse anos e anos mais tarde. *Sobre a testa e sobre o olho esquerdo. Aposto que a enfermeira tirou e guardou.*

Lembro quando finalmente me colocaram no peito dela, como eu peguei o bico tão firme e forte, tinha medo nos olhos dela. Como já fui faminta. Por ela. Por ela. Por ela.

20

Depois que Jamison foi embora, pensei realmente que ia morrer. Ninguém tinha me ensinado isso — como sair da cama e continuar a me mexer. E por alguns dias depois, cada vez que tentava, tropeçava, era acometida por uma onda de enjoo. O cheiro dela ainda estava tão forte em mim que doía inalar. Ninguém tinha me ensinado a comer. A engolir. Então, fiquei ali — o dia se transformando em noite e se transformando em dia enquanto no corredor ouvia os alunos fazerem o que tinham que fazer. Fiquei lá ouvindo risadas. Os estudantes se chamando pelo nome. Ouvi o barulho dos banhos. Ouvi o barulho dos chinelos de dedo pelos corredores. Ouvi, *Ei, que aconteceu com você?* E, *Ei, Byron, já fez a prova? Pedi as respostas para um irmão, cara.* Ouvi: *Ooooh, me contaram de você ontem de noite, garota!* Ouvi: *O quê? O que te contaram? Quem é que está mentindo sobre mim agora?* Ouvi: *Precisamos criar um comitê de DST** aqui. Não dá pra não ter uma seção de negros.* Ouvi: *Checa isso,* e depois mensagens cifradas tarde da noite.

Aos poucos, o cheiro de Jamison se tornou o meu próprio cheiro. Quando afinal saí da cama, não foi exatamente para viver. Foi para tomar banho e comer, ligar para casa e ouvir uma voz. Ouvir alguém que me amava do outro lado da linha.

---

* Delta, Sigma, Theta, irmandade de mulheres negras, fundada em 1913 na Universidade Howard. [N.T.]

Oi, mãe, é Iris.

Oi, querida. Tudo bem? Po'Boy e eu estávamos mesmo falando de você. Então o telefone tocou e era você.

Posso falar com a Melody, mãe?

Quando vi Jam alguns dias depois, ela estava deitada na grama, os *dreads* espalhados ao redor da cabeça. Tinha uma menina ao lado dela que eu não conhecia, sentada de pernas cruzadas. As duas riam, a mão da menina fazia círculos na barriga de Jam. Fiquei ali olhando, até que Jam levantou a cabeça, olhou para mim e riu.

Oi, Jam.

Oi, você. Faz um tempinho.

Sim.

Tudo bem?

Sim, respondi. *Tudo bem.*

Se Aubrey tivesse me perguntado alguma vez, eu teria contado que houve muitos antes dele. O primeiro foi um amigo de infância quando eu tinha treze. Era claro como a cor da areia, um afro perfeito e cílios imensos. Achei que estávamos apaixonados e transamos pela primeira vez no quarto dele enquanto sua mãe assistia à TV no andar de baixo. Enquanto eu agarrava o travesseiro para evitar gritar de dor, em meio ao nosso silêncio ouvia lá embaixo, *As pesquisas dizem...!* De novo e de novo. Depois, aplausos. Eu e o menino não estávamos namorando. Nunca demos nome para o que estávamos fazendo. Uma semana depois, quando o vi andando abraçado com uma menina porto-riquenha linda, rastejei para o quarto, fingi que estava com gripe e fiquei na cama por dias e dias. Teve outros garotos e aprendi rápido a não gostar deles, só gostar da sensação deles dentro de mim, o cheiro da boca deles, o jeito como eles me seguravam. Nada mais.

Desse jeito, tudo bem. Desse jeito, *eu* ficava bem.

Legal. Eu saí daquela aula, Jam disse. *Por isso você não tem me visto. Era uma merda. Mas a gente vai se ver por aí.*

Ela voltou a se deitar e a conversar calmamente com a menina. Foi perto do final do ano. Eu tinha comprado uma camiseta cinza de Oberlin para Aubrey e uma pequenininha para Melody que dizia GUERREIRA DO FUTURO. As duas estavam dobradas dentro de uma sacola esquecida na minha mão até que caiu e eu ouvi o barulho suave dela contra o chão.

21

De manhã cedo, Melody e Iris sentaram sozinhas na grande casa, Iris na cadeira de balanço da mãe, Melody aos pés dela no chão. No fim de tudo, Sabe falou sobre fogo e ouro. Fogo e ouro.

Tinha tido velório. Enterro. Orações no túmulo. Terra sobre o caixão de Sabe. Cinzas às cinzas e nos vemos em breve enquanto baixavam o caixão dela para que se juntasse a Aubrey e a Po'Boy.

Depois a recepção.

Guardar as roupas, as toalhas de rosto, os casacos. Os sapatos de Sabe tão bem-arrumados nas caixas para doação. A única peruca que ela usou para a cerimônia da Páscoa. As luvas de couro de quando era criança, preta, azul e verde-escura. Colares de pérola e de ouro para Melody. A aliança de casamento agora no dedo de Iris. O bracelete de diamantes que as duas viram Po'Boy colocar no pulso dela nas poucas vezes em que foram ao teatro. Sempre para assistir às peças de August Wilson. Uma vez, há muito tempo, para ver uma produção da igreja de *for colored girls who have considered suicide/ when the rainbow is enuf*.* Sabe

---

* *para meninas de cor que pensaram em suicídio/ quando o arco-íris é suficiente* é uma peça de teatro da poeta e dramaturga feminista negra norte-americana Ntozake Shange (1948-). [N.T.]

136

voltou para casa aos prantos. *Aquela mulher sabe mesmo como contar nossa história*, disse. Então se serviu de uma dose de brandy, que tomou de um gole só, e devagar subiu as escadas para dormir.

Era início de agosto agora.

Está pronta? Iris perguntou.

Sim, Melody disse. *Nasci pronta.*

Houve uma vida inteira, uma família, um bebê, uma casa. Tanta coisa aconteceu depois de Jamison, depois do primeiro garoto, depois de Aubrey. *Ah, Aubrey*, Iris pensa agora. *Ah, Aubrey, desculpa.*

Naquela noite, apenas algumas semanas depois de eles terem transado pela primeira vez, quando ela passou pela esquina do parque Knickerbocker e o viu com uma menina que ela não conhecia. Suas mãos dentro da camiseta dela, tocando nos seios dela na escuridão. Quando ele chorou, ela o perdoou. Foi há tanto, tanto tempo. *Ah, Aubrey, sinto tanto*, ela pensa de novo. *Se a gente soubesse.*

Fogo e ouro e Aubrey às cinzas. Os sinais que eles postaram por semanas e semanas. *Não viu isso, cara?* Tantos sinais. Tanta gente varrida da história. Mas talvez ele tenha sobrevivido. Talvez quando o primeiro avião bateu... *Ah, Aubrey.*

Naquela manhã, quando Iris viu a fumaça, ela ligou o rádio e ouviu. Então gritou e gritou enquanto corria — sessenta quarteirões do seu apartamento em Upper West Side, descendo a Broadway, a garganta queimando, o coração parecendo que ia parar. Mas não parou. Ela correu até não conseguir enxergar.

Correu até a fumaça e a poeira e as cinzas a cobrirem. Até a polícia impedi-la de chegar mais perto — então ela desmaiou — na esquina da rua Treze com a Broadway, ela desmaiou. Todo mundo ao redor dela gritava e corria e desmaiava. Algum DNA profundo e enterrado inflou com memórias das histórias de Tulsa da mãe. Ela havia sentido. E Sabe sentiu. Ela sabia disso quando a filha assistiu pela TV na sala de aula, ela também sentiu as brasas de Tulsa queimarem.

Chovia forte, a água formava um rio nas calçadas e escorria da placa VENDE-SE pregada em um poste perto da escada. Exceto pela cadeira de balanço e pelas caixas marcadas com FRÁGIL que Iris vai levar para o apartamento em Uptown, a casa está quase vazia. As malas de Melody, as roupas de cama e o pôster de Prince já estão no carro. A viagem para Oberlin leva oito horas.

Iris olha em direção à janela e se lembra da mãe saindo de um táxi com uma mala que parecia cheia de tijolos. Lembra-se de si mesma grávida aos quinze anos olhando pela janela do quarto, lembra-se do martelar à noite, da mãe chamando Po'Boy para se certificar de que *tudo estava bem lacrado*.

Vamos, Iris diz. Ela se sente vazia. Sem amarras. Achou que a liberdade provocaria uma sensação diferente.

Ela sobe as escadas, força o pé de cabra sob o pé da cama e espera a filha vir com o martelo. Quando olha para Melody, ela se vê pela primeira vez quando menina. O jeito como ela ergue a cabeça. O jeito como ela agora vem em sua direção, como um corredor na linha de partida. Pronta.

Mesmo que não tenha nada lá, Iris diz, *você sabe que ficaremos bem, certo?*

Sempre estive bem, Iris. Melody ergue o martelo. Golpeia com força. Ela não tem muito tempo. Malcolm está indo para Stanford e vai ter uma festa de despedida à noite. Lá fora, os amigos estão esperando. Ela ergue o martelo e de novo o deixa cair.

E ali estão, entre as lascas de madeira e a sujeira do reboco. Ali, sob a tristeza dos olhos da mãe. Ali, sob o som da buzina e dos seus amigos chamando por ela. Na casa vazia exceto pelas duas, ali estão. Brilhando.

Agradecimentos

Obrigada:

Aos vivos:
Juliet & Toshi & Jana & Melanie & Sarah & Jynne & Claire & Deb & Dean & Donald & Nancy & Kathleen & Linda & Jane & equipe do Family Dinner & Odella & Hope & Roman & Cass & Tayari & Janice & Marley & Gayle & Maria & Kwame & Jason & Chris.

Aos ancestrais:
Georgiana & Mary Ann & Robert & Kay & Odell & Alvin & Anne & Gunnar & Robin & David & Veronica & Hope & Grace.

Ao futuro:
A todos os jovens que são o passado inteiro & todas as promessas & todo o brilho.

Que o círculo nunca se rompa.

© Jacqueline Woodson, 2019

Todos os direitos desta edição reservados à Todavia.

Grafia atualizada segundo o Acordo Ortográfico da Língua
Portuguesa de 1990, que entrou em vigor no Brasil em 2009.

capa
adaptação da capa original de Jaya Miceli
para a Penguin Random House
composição
Jussara Fino
preparação
Leny Cordeiro
revisão
Eloah Pina
Tomoe Moroizumi

Dados Internacionais de Catalogação na Publicação (CIP)

Woodson, Jacqueline (1963-)
Em carne viva / Jacqueline Woodson ; tradução Claudia
Ribeiro Mesquita. — 1. ed. — São Paulo : Todavia, 2022.

Título original: Red at the Bone
ISBN 978-65-5692-221-8

1. Literatura americana. 2. Romance. 3. Ficção
contemporânea. 4. Literatura afro-americana.
I. Mesquita, Claudia Ribeiro. II. Título.

CDD 813

Índice para catálogo sistemático:
1. Literatura americana : Romance 813

Bruna Heller — Bibliotecária — CRB 10/2348

todavia
Rua Luís Anhaia, 44
05433.020 São Paulo SP
T. 55 11. 3094 0500
www.todavialivros.com.br

fonte
Register*
papel
Munken print cream
80 g/m²
impressão
Geográfica